雨の魔術師
少女の恋と解けない呪い

白野大兎

富士見L文庫

contents

プロローグ

知らない少女が道端で佇《たたず》んでいた。

焼けるような日差しの中、雨傘をさしている。

少しぶかぶかで歩きづらそうなレインブーツ、ポンチョタイプのレインコート、赤い雨傘。これから大雨でも降ることを予見しているかのよう。

綺麗《きれい》に結えていない黒髪の三つ編み。

澄んだ湖を映したような水色の月。

草木も水もかれたこの土地は、もう何か月も雨が降っていない。

だというのに、この場に似合わぬ雨具を身に着けていることが俺は気にくわなかった。

何故《なぜ》ここに来たのかと尋ねると、たどたどしく答えた。

――私は雨を連れて来た。

少女は空に吸い込まれるように風に乗り、空へと飛び立った。

干ばつで苦しむ土地を訪れては、恵みの雨をもたらしたその少女は、後に〈雨の魔術師〉と呼ばれることをこの時は誰も知らなかった。

第一話：かつての天才少女

私は傘を広げ、空を飛んでいた。

どこにでも行けて、泳ぐように滑空できるこの時間が私はたまらなく好きだ。

風に乗って野原も丘も川も山も自由に飛んでは、乾いた大地に雨雲を連れていく。

私が魔術を使えばよくやったと頭を撫《な》でて褒めてくれる人。

優しくて強い先生の手。私はそれが好きだった。

先生は私が魔術を使う度に、私に言った。

「魔術師にとって大事なことは、強さじゃない。選ぶことだ。強い魔術師には必ず選択を迫られる時が来る。きっと君にも――――」

カーン　カーン　カーン

朝を告げる一度目の鐘が聞こえて目を覚ました。

「――――先生？」

私はのそのそとベッドから這《は》い出た。

夢の中で出会ったあの人の姿はない。少し寂しくもあり、そして嬉《うれ》しくもあった。

さっきまでは広い空の下にいたはずなのに、今は狭く古い部屋の中。

三角窓から見える朝の空と都市の街並み。魔術と科学が混在した世界の中心にある魔術都市だ。

約千年前。〈はじまりの魔術師〉と呼ばれた十三人の魔術師が創り出した魔術師のための世界〈アトラス〉。

不思議と幻想に満ちたこの世界で、この学院に通う学生の八割は学生寮で生活を送る。

私は古く錆《さ》びた格子の三角窓を開け、遠い都市の街並みを眺めた。

都市は中央からピラミッド状に階層が分かれ、東西南北で様相と役割が大きく変わる。

中央には主要統治組織である魔術協会〈オリエンタル・リリー〉の本部が聳《そび》え立ち、東部には魔術学院〈ドラクロウ〉が存在する。

私もその学生の一人だ。

顔を洗い、鏡に映った自分の姿を見て、私はため息を吐いた。

十六歳にしては小柄な体。整っていないセミロングのくせのある黒髪。健康的とは言えない顔色。

以前は水色だった目は灰色のまま。魔力を失った証《あかし》だ。

私は寝巻から制服に着替えた。

学院指定の制服である、黒地のボタン付ベスト。白いレース付きの濃紺のスカート。そしてフード付きローブ。金色のミツバチ校章はローブの留め具になっている。白くたっぷりとしたリボンも制服の一部だが、行事以外では装着は自由なので私は普段は身に着けていない。四年生ともなると自分の好きなものを首から下げるからだ。私の場合は、先生から貰《もら》ったストームグラスのネックレスだ。

ふとドアの前に立て掛けられている赤色の雨傘が目に留まった。その傘はもう一年も外で開いていない。魔力がなければ役には立てないことが心苦しい。

――よりによって今日は。

今日の授業の内容を思い出し更に憂鬱になった。

身支度を整えて必要な教科書と参考書をカバンに詰め、同じ棟の寮生が出てくる前に扉の外にある備え付けのポストを確認することが日課だ。

今日もリンゴジュース一瓶が配達されている。

毎日ではないが、時々届けられるそれが、私は楽しみだった。

いい夢でプラス、嫌いな授業でマイナス。

「リンゴジュースでプラス」

やっぱり今日はいい日だ。

この贈り物はもう半年近くも続いている。

他の学生には届いている様子もないし、誰がいつ届けているのかも分からない。

シャロムニーア・ユーフォルビア様へ

添えてあるメモには宛名しか書いていない。けれど私のために届けていると分かると、やっぱり嬉しい。

それに、リンゴジュースの瓶には、一輪の花がメモで包んで添えられていたからきっと悪意はないはずだ。いたずらの魔術の痕跡もなさそうだし、私を励ましてくれているのだ。

添えられた花はスズラン、スノードロップ、マーガレット、ガーベラ。ヤドリギの枝だったこともある。

今日は赤い花弁の一輪の花。見たことある気がするが、何の花か分からなかった。以前飲んだリンゴジュースの空き瓶を花瓶替代わりにし、窓辺に飾る。

大丈夫、今日はきっといいことがあるはずだ。

私は憂鬱と救われた気持ちを朝に一度に味わって、朝食の乾パンと一緒にジュースをカバンに入れて学院へと向かった。

天にまで届く高い塔。それを呑《の》み込むように生えた大樹の中に学院は存在する。

大樹は春になればふわふわとした薄いピンク色の花を咲かせる。鮮やかな草花が生え、敷き詰められた石畳と、大樹と石畳の間をぐるぐると回る水路。秋が深まるとメタセコイアの落ちた葉が、通学路を染める黄金のカーペットになる。

学生寮から学院に向かうにはこの黄金の並木道を通っていく。ただしこの道は正門ではなく裏門に続く道だ。

――まだ、時間に余裕がある。

この道の途中には小さな妖精の住処《すみか》がある。カヤネズミよりも小さく、素顔が見えないよう被《かぶ》り物をしており、季節や住処によって異なる植物を手に持っている小さな妖精、〈プラント・ナイト〉である。木のむろや枝、時には風に種や花を運ぶことが彼らの習性である。警戒心の強さと植物への固執が強さを象徴しているから騎士《ナイト》と呼ばれているのかもしれない。隊列をなした〈プラント・ナイト〉がちょうど通学路を横断していた。

妖精との対話は魔力が戻ったか確かめるのにうってつけだ。私はしゃがんで彼らに声をかけた。

「おはよう、ございます」

魔力があれば彼らと交流できるのだが、ふい、と無視される。

「……………今日もダメですか。どうしたら、話をしてくれますか？」

見上げる〈プラント・ナイト〉たちのうち、一人がミニチュアのデザートナイフを取り出し、私の首元を掠《かす》めた。

「え？」

屈《かが》んだ際に目の前にぶら下がったストームグラスのチェーンを切って、そのまま奪って木の上まで逃げてしまった。

「待って！　それは違うんです！」

彼らは手に入れた戦利品を誇らしげに木の枝に飾った。とてもではないが跳んでも手の届かない高さだ。何かを投げて落とせるとは思えない程チェーンが枝に絡まってしまっている。

「お願いです！　返して！」

いくら言っても彼らは私を相手にせず、また別の木から木へと移り飛んで行った。

「どうしよう」

この通学路には誰も通らない。自力で登って取りに行くしかない。あれは私にとって大事な宝物の一つなのだから。

幸いというべきか、足を引っかけられる窪《くぼ》みがいくつかある。

私はローブを脱いで木登りをした。子どもの頃のような身軽さはなく、コツも覚えていない私は試行錯誤してようやく太い枝を跨《また》ぐことができた。後は枝の先に引っかかったチェーンを解くだけだ。枝を使って少しずつ動かせば何とかなりそう。

「──もう少し、あ！」

枝に引っかけていた足がほどけてバランスが崩れ、ぐるんと視点が反転し、私は落ちた。

「──っ」

地面に激突して骨折するか、茂みに顔をぶつけて傷だらけになるか。ぎゅっと目を瞑《つむ》りその衝撃を覚悟したが、背中と足に何かが当たっただけだ。

「おっと」

「──え？」

瞑った目を恐る恐る開けると見知らぬ人がいた。体勢からして私を抱えている。

「でっかい黒猫が落ちたのかと思った。けど、猫にしては随分と……重い」

「すみません！　お、おろしてください」

「はいはい。引っかかれたくないからな」

「……………」

何とも皮肉が利いている。

まさに野生の猫を逃がすように、硬直した私をゆっくりと地面に置いた。

落ちてすぐに受け止めてくれたということは、木の真下にいたのだろうか。全く気が付かなかった。

そして彼の様相を見てようやく誰だか分かった。

――この人、もしかして。

学院の有名な上級生だ。

昨年、特進クラスに編入した男子学生で、今は六年生だったはず。いい意味でも悪い意味でも一時期その特殊な経歴から学院内に噂《うわさ》が駆け巡り、私の耳にも入っていた。

異例の入学からすぐに首席になり、彼はまたたく間に有名になったのだ。

特徴的な灰色がかったふわりとした雪色のような白髪の青年。影になっても分かる煌々《こうこう》とした金色の目。そして他の学生と違い常に身に着けている黒い革手袋が不思議な印象を与えている。

標準よりも少し背が高く、私を軽々と受け止められるほど鍛えられた身体《からだ》は、彼の経歴に由来するものだった。

――ダメだ。名前が思い出せない。

「あの、ありがとうございます」

彼はちょうど落ちた木を見上げていた。

「朝から木の上で居眠りか？　寝心地がいいとは思えない」

「〈プラント・ナイト〉に大事なものを取られて枝に引っかけられてしまって」

「それで木登りか。よくあいつらに近づこうと思ったな。光り物は奴らの好物だ」

「本来、〈プラント・ナイト〉はそんなに危険じゃないんです。私が不注意だっただけで」

「どうして魔術を使って取ろうとしなかった？　浮遊の魔術なら基礎中の基礎だろ？」

　この人は私に纏《まつ》わる噂を知らないのだろう。魔術師であれば誰でも容易に出来ることが私には出来ないのだから。

「――私には魔力がないので」

「魔力がない？」

「…………」

　彼は私の姿をまじまじと観察し、首を傾《かし》げた。

「――いけませんか。魔力がない人が学院にいては」

「ああ、成程。だから裏門を使ったのか。正門だとガーゴイルがうるさいからな」

　名推理ではあるが、釈然としない。

　正門にいるガーゴイルは、不審者を入れないために魔力を感知し判断している。制服と校章を身に着けていても彼らは気まぐれに追っ払おうとしてくる。実際、私はその被害に遭っているため裏門を通るしかないのだ。

「誰か呼んでくればいいだろ？」

　――それが出来たら苦労はしないんだけれど。

　彼はちょいちょい、と自分の腕を指さした。私は自分の腕を見た。落下の時に枝でこすれてしまいシャツには血が滲《にじ》んでいる。

恥ずかしくなり、私はさっと腕を隠した。そして手の中にあるはずのものがないことに気が付いた。

「――あっ、ない」

肝心のストームグラスがどこにもない。落ちた衝撃で茂みの中に埋もれてしまったのだ。

「何か落としたのか？」

「助けてくれてありがとうございました。もうすぐ授業ですから、どうぞ行ってください」

私はわき目も振らずに茂みに入ったが、背後ではあ、と深いため息を吐かれた。

きっとそのまま立ち去ってくれるだろうと思ったが、彼はがさがさと茂みの中へと入っていく。

「ちょっと待ってろ」

「え？」

突如革手袋を外し、直《じか》に地面に手を置いて目を瞑った。そして深呼吸をしてから数秒。

彼は目を開き呟《つぶや》いた。

「見つけた」

戸惑うしかない私を他所《よそ》に、彼は更に茂みをかき分けて迷いなく進んだ。私が捜していた場所よりかなり離れている。その手には私が捜していたものが握られていた。

「よかった、壊れてない」

いつもと同じ、綺麗《きれい》な雪解け水のように。

「じゃあ、俺は行くから」

「え？　あ、あの………」

「大事なものなんだろ？　今度は盗《と》られないように、調子に乗って見せびらかすなよ」

「み、見せびらかしてなんか――――」

否定する間もなく、彼はさっさと立ち去ってしまった。

――ちゃんと、御礼《おれい》を言っていない。

予鈴の鐘が鳴る。

この出会いが私の人生を大きく変えるのだと、この時の私は知る由もなかった。

午前中の授業が終わり、私は乾パンを齧《かじ》りながら渡り廊下の二階へと急いだ。

そこには授業やクラブのあれこれが貼りだされた掲示板があるのだ。

キッツキが次々と丸めた羊皮紙を運んでは広げ、そのくちばしで掲示板へと貼っていく。めまぐるしく変わる授業のお知らせや、試験の結果、最新の学院新聞、クラブ勧誘のチラシなどが雑然と貼りだされており、昼休みの間は学生たちがひしめいている。

「見て。また新聞にあの先輩取り上げられているわ」

「協会からの推薦状もあるらしいぜ」

もっぱら、学生のほとんどは新聞の見出し記事に夢中らしい。

それよりも私は時間割を調べておかねばならない。八年間で卒業するためには効率よく良い成績を収めなくてはならないのだ。

明日は、元素学と占星学、それから神秘学。

――使い魔がいれば楽なのに。

使い魔は魔術師と主従の契約をし、命令に従う代わりに魔力を与えられる。そのほとんどは主のお使いなどの雑事ばかりだが、魔術師にとって使い魔は大変便利な存在なのだ。

私は深いため息を吐きながらペンを走らせた。

昼休みという限られた時間で明日の授業で使用するもの、それから授業の場所と時間の変更のお知らせを確認するのは非常に骨が折れる。

「え？」

掲示板の端に貼られた張り紙に、私は思わず声を上げてしまった。

『魔術対戦学に参加する四年生から六年生は旧公会堂に集合すること』

「どうしよう、急がないと」

午後一番に始まる予定の魔術対戦学の授業の場所が変更になっていた。この授業は必須科目だ。サボるわけにはいかない。私は予鈴の鐘を聞いて走った。遅刻は二回で欠席扱いになってしまう。

「しまった、着替えなきゃ」

授業の前に学生たちは通常のローブからより動きやすく丈夫なウェアへ着替える。

他の座学と異なり、魔術をより実践的な形で使う授業だ。自分の魔術を存分に発揮できる場として、魔術に自信のある学生からは人気の科目だった。

汗だくになりながら走った私は、旧公会堂の裏口へと回った。

「すみません、更衣室の、ロッカーの鍵は？」

怪訝《けげん》な顔をした受付の事務員は、面倒臭そうに壁にかかった鍵を渡した。

そういう反応は当たり前だ。皆は魔術でさらりと服を着脱するが、私は更衣室で着替えるしかない。

旧公会堂は簡易的な闘技場で、壊れても魔術で自動修復される特殊な教室だ。

私が入った時にはすでに参加者はウォーミングアップをしていた。

今日の授業は一対一で戦い、その戦い方や問題点を先生がチェックしていく。男女関係なく組み合わせを決められ、順位付けをされるので競争意識も自然と高くなる。

「見ろよ、ニコラス・ニードル教授だ」

学生たちは担当する教授の登場にざわついた。

三年前、魔術協会から派遣された若い教授だ。〈討伐隊《ハイランダー》〉に籍を置いていたらしい。彼のお眼鏡にかなう、未来の〈討伐隊〉に相応《ふさわ》しい魔術師高学年の学生を在学中から値踏みしているのだ。

〈討伐隊〉は魔術協会の中でも攻撃を得意とする魔術師で構成された部隊で、いわゆる魔術師のエリート集団。血気盛んな男子学生にとって憧れの存在であり、ロマンスを夢見る女子学生からすれば素敵な恋人候補の集まりなのだ。

授業が始まり、ニコラス・ニードルは元〈討伐隊〉らしく鋭い眼光で学生たちを見定め、一組ずつ名前を呼んで魔術を見定めていく。

「次、ユールレイエン・ティンバー、エミリア・グラナート」

三組目の二人は六年生の中でも首席と次席。見ものだと、教授だけではなく同級生たちからの注目も集まる。背が低いと集まった学生の壁で見るのも一苦労。あえて屈《かが》んで隙間から覗《のぞ》いたところ、準備運動をする首席の男子学生とばちっと目が合った。

――あ、あの人。

朝助けてくれた上級生だ。

ユールレイエン・ティンバー、というのか。

この授業は模造の武器であれば使用が許可されている。彼は模造剣を手に持っていた。

「あいつ元〈討伐隊〉なんだろ？　魔術対戦学はお手の物だろうな」

「エミリア嬢も心中は複雑でしょうね。前回の試験で首席の座を取られたんだから」

学生たちの間でこの二人の対戦は、常に賭けの対象になっているらしい。

開始の合図と同時に放たれた魔術の反動で風圧が起こり、空中で華麗に翻った姿だけが見えた。

何よりも楽しそうに魔術を遠慮なくぶつけ合う二人を見ては、心底羨ましいと思っている自分を、情けなく感じてしまう。

今回の勝者はユールレイエン・ティンバーだったらしい。二人の健闘を称《たた》え合い、同級生たちからは拍手が自然と湧き起こった。

「よろしい」

教授も二人の対戦に満足したようだ。

私は次の一組で呼ばれたのだが、教授はすぐにクリップボードにチェックを入れた。

「ああ。君は出なくていいから」

「――――私は、まだ」

「だって君は魔術が使えないのだから。見ても無駄だ」

教授はさっさと別の組を見た。

一々傷ついていたって仕方ないことだ。周りからの嘲笑と同情の声も視線も何度も経験しているのに、どうして慣れないのだろう。

「落ちぶれたよな。二つ名まで貰《もら》ったくせに」

「近寄らない方がいいぜ。何かの病気かも」

誰かがわざと聞こえるように囁《ささや》いた声に、私は何も反論できないまま、旧公会堂を出て行った。

こういう反応をされても仕方のないことだ。

こうなる前の私は、とにかく他人に興味がなかった。同学年の学生の名前すら覚えようとせず、輪に溶け込む努力をしなかった。今その報いが来ただけに過ぎない。

一年前までは、確かに私は〈雨の魔術師〉だった。上級の魔術師で、学院の授業も協会からの依頼を受けている間はいくらか免除されていた。籍を置いているだけで通うことはほとんどせず、学生と交流する気もなかった。

私には魔術の先生がいた。

〈時の魔術師〉と呼ばれた古く偉大な魔術師アドラー。

五歳の時、私を実家のユーフォルビア家から連れ出してくれた。私が自立出来るまで先生は面倒を見てくれた。私の憧れであり、恩人だ。

私は先生さえいてくれれば良かった。魔術を使う限りは、先生は私を見てくれるから。

しかし一年前、私は突如魔力を失った。酷《ひど》い高熱を出して以来、体内には一滴の魔力も感じられず、魔術も使うことができなくなった。

それ以降、先生は私の前に姿を現わさなくなった。

きっと、私に呆《あき》れてどこか遠くに行ってしまったのだ。それでも私は先生に会いたくてたまらない。

——そのためにも一刻も早く魔力を取り戻さなくては。

今、私が学院にいる理由はそれだけなのだ。

＊

休日。

魔術学院ドラクロウの学生たちは、各々自由な時間を過ごす。

休日の私は決まって引き籠る場所があった。膨大な書物を所蔵している図書室の一角である。壁一面、円形状に並ぶ本棚は天井の高さまでびっしりと本で埋め尽くされており、一生では読み切れない程の蔵書数だとされているらしい。

休日の図書室はいつも閑散としているから気が楽だ。

ただぼうっと過ごすのでは時間がもったいない。魔力を取り戻すヒントが書かれている本が見つかるだろうと、魔力を失ってから読書が私の習慣になった。先生は読書に積極的ではなかったので、とても新鮮だ。

私は読書の時に薄荷のキャンディを欠かさず口に入れている。本当は好きではないのだが、魔力の回復に効くと知り、毎日のように舐《な》めていた。

――――次はリコリスのキャンディを試した方がいいかも。

口に入れるものを色々と試しているが、未《いま》だに効果は現れない。

魔術師にとって魔力を失うことは珍しくはない。風邪などの一過性のものや老衰など体調が大きく影響することもあるという。

しかし私のように意識がある状態で、一年以上全く魔力が回復しない症状は前例にない。

『最も有効な手段として、血縁関係のある者と内臓を入れ替えること』って。誰か試したのかな、これ。『または血液の半分以上を入れ替えること』

このように倫理に反することも記載してある書物もある。過激な内容に吐き気がして、積み上げた本の山に戻した。

気を取り直してまだ目を通していない本に手を伸ばそうとした時、何かがパタパタと飛んできて机の上に転がった。

小鳥の姿をしたネジ回しのブリキの玩具だ。

伝達の魔術が施され、筒状の手紙をくちばしに咥《くわ》えている。手紙を抜き取ったが、往路だけでネジが回り切ってしまったらしく動かない。

またネジを回せば、どこかへ飛んで行った。

手紙には学院の通達である印が押してある。

『昇級試験兼課外活動の案内』

『参加対象者　三年生以上の参加希望者。

合格基準　魔術協会から与えられる三つの依頼を達成すること』

昇級試験兼課外活動。通称〈昇級試験《トロフィエル》〉。

三年生以上から参加が認められており、早いものは半年以上前から準備をしている学生もいる。合格すれば、学生のうちに下級から中級に上がることができ、卒業後の進路の足掛かりにもなるため、学生たちが自然と力を入れる伝統行事だ。

『また、本年においては二人一組でのエントリーとする。本紙を受け取った学生は七日以内に申請を完了させ、魔術協会にて課題を受け取ること』

「二人一組………」

去年、課題中に学生が行方不明になる事件が起こったため、今年から二人一組で行動することが原則となるとは聞いていたが………。

七日後。その日までにパートナーを決めて申請を完了させなければならない。

私は深いため息を吐いて、机に突っ伏した。

――無理だ。

一人でも無謀なのに、魔術が使えない相手と組んでくれる奇特な同級生なんているはずがない。申請すら出来ないまま終わってしまうのか。

取り出した本棚に戻さなくては、と十数冊と積み上げた本を見て、またため息を吐いた。魔力があれば、魔術ですいっと元あった場所へ戻すのだが、私にその力はない。

「あ、忘れてた」

積み上げた本の一番下にある花の図鑑。リンゴジュースに添えられた花の名前と意味を調べるための本を最初に取って来たのだった。

届けた相手も花言葉に込められた意味を分かってリンゴジュースに添えていたわけではないだろうけれど、やっぱり私の部屋に届けられた意味は気になってしまう。

リンゴジュースと添えられた花がほんの少しの間だけ私の不安を忘れさせてくれる。

図鑑を広げ、部屋に飾ってある花を思い出す。

花の特徴と葉の形状、香りの有無。魔力がなくても、触れただけで絵が浮かび上がるから、とても調べやすい。

花の中心は黄色く、透き通るような赤い花弁が特徴だった。

学院で育った花の場合、魔術で年中咲いているものもあるため、季節で種類の判断はできない。

図鑑は自動でぱらぱらとページがめくられた。見つけたその花は、本当は春に咲く花らしい。

「――ヒナゲシ？」

その花に与えられた花言葉は「感謝」だった。

＊

翌日の放課後。私は副院長の教授から呼び出され、重い足取りで院長室へと向かった。

重く厚い扉の奥には、派手なカーペットが敷かれている。

壁には創設者や歴代の院長たちの肖像画が飾られ、いくつもの置時計がカチコチと鳴り響いている。

部屋の真ん中にあるデスクでキセル煙草《たばこ》を吹かす初老の魔術師、メイヴィス・ローウェン教授。そしてその隣で事務をこなす若い女教師のクレア・エヴァンズは厄介者を見る目で私を睨《にら》んでいる。高く結わえた髪と眼鏡は潔癖症の彼女らしさを際立たせていた。

教授は咳払《せきばら》いを一つして、前置きもなく本題を切り出した。

「分かっていると思うがね、これ以上は待てないのだよ」

とんとん、と指先で机を叩《たた》いている。苛立《いらだ》ちと呆れに満ちた表情をしていた。

「――は、はい」

閉ざされた部屋と私を見る大人が私は昔から苦手だった。

「いくら君があのアドラーの弟子だからと言ってもね、魔力もない魔術師を置くことは学院側もね、庇《かば》いきれない。留年は認められていないのだからね」

魔力のない魔術師には、この学院で市民権はない。

退学通告。教授はさっさとその書類に判を押してしまいたい程、私に苛立っている。

「まして、君の師匠は行方不明というじゃないか。弟子の君にも連絡がないのかね？」

「――はい」

先生の居場所を知っていれば、とっくに駆け付けている。

「君たち師弟のこれ以上の奇行は我々でも手に負えないのだ」

いくら名高い魔術師だとしても、最低限の役目を守らない魔術師は敬遠される。ローウェン教授は規律正しくをモットーとする、自由奔放な魔術師を敵対視する派閥にいる。そのため自由気ままの代表とも言えるアドラーはもちろん、弟子である私も目障りらしい。

エヴァンズはカツカツとヒールを鳴らし、私の前にトレイにのった手紙を差し出した。

その手紙に封をしたシーリングスタンプの紋章で、差出人が誰か分かって背筋が凍った。

我が家、ユーフォルビア家の紋章だ。

「帰還せよとの書状です。父君から直々に、学院に届きました」

実の娘にではなく、学院に送るところがまさに父らしい。名家の権力と圧力を行使するのが父のやり方だ。

「い、家に戻るかどうかは私が決めます。学院からどうこう言われたくありません」

私にとって精一杯の反論に、はあ、とローウェン教授は深いため息を吐いた。

「とは言ってもね。魔力を失っても君は〈はじまりの魔術師〉の家系だ。重要な立場であることを自覚したまえ。これは君のためでもあるのだから」

――――私のため？

「どういう意味か、分かりません」

「要はね、魔力を持たない魔術師に価値をつけるとしたら家系のみということだ。家族のもとに戻れるいい機会だと思わんかね？　ん？　まあ良かったじゃないか。これで晴れて実家に帰れるのだから」

「でも、私は、先生の――――」

アドラーの弟子。それだけが私に残された学院にいられる理由だったのだ。

「だからね、その師匠がいないのだから、話にならないと言っているんだ」

傍らにいたエヴァンズはにこりと笑って諭した。

「まあまあ、ローウェン教授。後見人であるアドラーがいないのでしたら、尚更《なおさら》、彼女自身の実力を試すチャンスを与えなくては。退学するにもそれなりの理由が必要でしょう」

「その通りだな。退学するにもこちらも手続きが必要なのでね。試験でいい成績を残せば、一考してもいいが」

申請書よりも退学届を出す方が早いだろう、と言わんばかり。

話は以上だと、教授が合図をすると置時計が一斉に鳴った。

私は何も言えず、院長室を出て行った。


その日の夜は寝付けなかった。

夜明け近くになっても、目を瞑《つむ》ってベッドで横になっても一向に眠気が来なかった。

頭がもやもやとして気持ちが悪い。夕食も食べる気が起きなかったし、体が重い。

まだ誰も起きていない、空が白み始める時間になって、私は部屋着のままローブを羽織り部屋から飛び出した。

学院の中に誰も近寄らない場所がいくつかある。長い螺旋《らせん》階段で上れる高い塔もその一つだった。そこを目指して息が切れるまで走った。

悩んだり迷ったりすると私は決まって高い所へ向かった。

人に見られない、開放的な場所。

この塔は学院の中でも古く、石造りで低い柵しかない。塔の頂上に着くと、秋を告げる冷たい風がゆっくりと熱を攫《さら》った。

全速力で走ったから足がふらつく。すがりつくように塔の縁に座った。

真っ白になった頭で最初に浮かんだのは、先生が私に伝えた言葉。

――魔術は誰かのために使うんだ。

私はずっと先生の教えを守っていると思っていた。言われるまま依頼をこなせばいいのだと。認め、褒められ、自分の立場を守ることしか頭になかった。結局私は、自分のためだけにしか魔術を使っていなかった。

魔力を失って初めて、先生の教えの意味が分かるなんて皮肉だ。

――ごめんなさい、先生。

悲しくても涙が流れない程、私は涸《か》れてしまっている。


「あれ？」

突然、予期せぬ人が塔に現れて私の心臓は飛び跳ねた。相手もまた驚いているようだった。

「こんなところで朝から何してたんだ？」

――ユールレイエン・ティンバー。どうしてここに？

ここは元々私ぐらいしか寄り付かない場所のはずだ。何をやっていたかと言われれば途方に暮れていたのだが、私は上手《うま》く話せず、「えっと」と口をぱくぱくさせるしかなかった。

「俺は朝食をここで食べようと思っただけだ。先客がいるとは思わなかった」

塔に上ってわざわざ朝食を摂《と》るなんて変わった人だ。

しかし嘘《うそ》ではないことは、手に持っている紙袋が証明している。

一向に返答しない私を見て、彼は呆《あき》れたようにため息を吐いた。

「まさかあんた、魔力もないくせに空を飛ぼうとしたのか？」

確かに傍《はた》から見たら、女子学生が何か思い詰めて飛び降りをしようとしたように見えただろう。

「ち、ちがいます」

それにしてもこの人とは変なところで出会う気がする。

「てっきり俺の言ったこと、気にしたのかと思って焦った」

「言った、こと」

「簡単な魔術が使えない程、魔力がないとは思わなかったからな」

彼は気まずそうに首を掻《か》いて、目を逸《そ》らした。

「い、いえ」

「顔色悪いな」

顔を覗《のぞ》きこんできたので、私はローブのフードを慌てて被《かぶ》った。

どうにかしてこの場から去ってしまいたい。

彼は優秀な学生で自分は落ちこぼれ。もやもやとしている気持ちの正体は分かっている。

授業の時にも感じた、魔力を失ってから感じている強烈な劣等感だ。

このままでは嫌な感情を抱いてしまう。

そうだ、この前に助けて貰《もら》ったお礼はまた今度にして、今は階段を下りてしまえばいい。

そう切り出そうとした瞬間、彼は紙袋を私の前に突き出した。

「半分食べるか？」

「え？」

「朝食」

そこまではと遠慮しようと少し距離を取ったが、

「貧血で倒れたらどうすんだ？　ほら、ココアもつける」

と半ばカップに注がれ強引に渡されては突き返せなかった。何よりぐったりとした体が甘い物を欲していた。

「ん」

「も、貰います。ありがとうございます」

喉もカラカラになっていたし、甘い匂いが空腹を刺激してくる。口に含むと、じんわり甘くて二口目、三口目と飲み進めた。

これを飲んだら塔を下りよう。

「――あ、おいしい」

「ほら、たまごサンドも」

二つのうち一つを紙ナプキンで包んで渡してくれた。

これを食べたら、今度こそ塔を下りよう。

たまごサンドはパン生地がカリッとしていて、中身はふわふわとした茹《ゆ》でたまごの味と舌触りがいい。少しマスタードが入っているのがいい風味を出している。一口、二口と自然と口に運ばれていく。

――不思議だ。さっきまで食欲が全くなかったのに。

自然と体に沁《し》み込んでいくのは、あのリンゴジュースを飲んだ時と似た感覚だ。

「これは、先輩が作ったんですか？」

「まあな」

確かにこんな朝早くに開いているベーカリーは学院にはない。食堂からくすねてきたのだろうか。

「卵は飼育小屋から産みたてを選んできた」

ほら、と雌鶏《めんどり》に突かれた腕とローブにつきっぱなしの羽毛を見せた。その羽根にふっと息を吹きかけて飛ばすと小さなニワトリになって「コケコッコー」と鳴き、それを見て綻んでしまった顔を慌てて手で隠した。

その拍子に私のポケットから滑り落ちた用紙を先輩は拾い上げた。

「あんたは〈昇級試験〉受けるのか？」

「あ、私は…………受けません」

「ああ、四年生だっけ？　何で今年受けないんだ？　来年か？」

何とも痛いところをつく質問だ。

来年。そう、四年生であれば〈昇級試験〉の参加は任意。来年、再来年の参加は可能だが、私の場合は事情が違う。来年、私はこの学院にいられる保証はない。

「――――パートナーも見つかっていないので」

「もしかして黙って一人で受けるつもりなのか？」

「どう、ですかね。それはローウェン教授が認めないかと」

「何でそこで副院長の名前が出てくるんだよ」

――――しまった。

「…………」

「おい、無視するな」

沈黙を貫き通そうとしたのだが、追及から逃れられそうになく、私は観念した。家のことは重くなるので伏せて、院長室でローウェン教授に退学通告をされたことを伝えた。

「〈昇級試験〉に合格できなければ退学、か。そんなことだろうと思った。副院長は反アドラー派だからな。弟子のあんたに嫌がらせしてるんだろ？」

「でも、妥当な判断だと思います」

「何だよ、自分に嫌みを言った奴の肩を持つのか？」

「そうじゃ、ないですけど……」

強制的に実家に戻すことだって出来たのだから、まだチャンスを与えられるだけマシだったのかもしれない。

私はたまごサンドの最後の一口を食べた。

愚痴を聞いて貰っただけでも少しすっきりした気がした。食べ終わったのだからもうここから離れよう、と腰を上げた時だ。

「この前、助けて貰ったお礼はまた今度……」

「……」

「あの？」

ローブの裾を摑《つか》まれてしまって、離れることが躊躇《ためら》われた。

「あ、あの？」

「――できれば今すぐその『お礼』をして欲しいんだが」

確かに魔術師にとって取引は契約そのもの。長く続く関係ではない限り、受けた恩はすぐに返すことが常識だ。しかし私に今出来ることはないし、渡せるようなものもない。

戸惑う私に、「なあ」と彼は続ける。

私はここでようやくまともに彼と目を合わせた。朝日を溶かしたような金色の目。ふわりとした白髪と日焼けした肌が、目の色の輝きを映えさせているのだろう。いつかどこかで見た、懐かしくて吸い込まれるような色だ。

「パートナー、俺と組もうぜ」

「――――え？」

パートナー。

そう聞いて思い至るのは〈昇級試験〉を共に達成するための相手。

窮地を助けて貰って、美味《おい》しい食べ物まで分けて貰って、不愛想な態度を取り続ける私に気さくに話し続けてくれるのに、私は彼が得体の知れない何かに見えた。

その不思議な雰囲気は、私を導いてくれたあの人に似ている。

――――見た目は似てないのに。

どうして先生と重なってしまうのだろう。

突飛で、強引なところ。そして私の感情を揺さぶる何かを持っているところ。

朝日が昇る地平線の光と似たその目と佇《たたず》まいは自信に満ちていて、とても羨ましかった。

私にはもうないものを、彼は全て持っている。

ユールレイエン・ティンバー。

愛称はユエル。

魔術学院六年生にして特進クラス。

昨年、学院に編入し、直後の試験で成績は全科目トップ。あっという間に首席の座に就いた有名人。入学は私の方が先ではあるが、学年、年齢ともに先輩である。

特筆すべきは魔術師の血縁ではないのに学院で好成績を残したことだ。学院にとっても異例のことらしい。

〈討伐隊〉で実戦慣れをしていた経歴が彼を学年トップの座へと押し上げた。

そしていわくありげな黒い革手袋が、彼の魔術の秘密らしい。

女子学生にも人気があるらしく、将来有望な魔術師の一人として教員からの信頼も厚い。

まさに魔術師としては前途洋々。

魔術師の家系でないということはしがらみや確執がない。つまりは自由な魔術師だ。

私とは何もかもが対極だ。そう。面識も共通点もないはず。

その彼がパートナーに私を選ぶ理由が分からない。

首席ならば選ぶ相手には困らないはず。では何故《なぜ》私を選んだのだ。

――それに試験に失敗したら、この人まで笑いものになってしまう。

ぐるぐると逡巡《しゅんじゅん》して頭を抱えた私に、暫《しばら》く待っていた先輩はため息を吐いた。

「何だよ、嫌なのか？」

見下ろされると威圧感がすごい。目をまともに合わせられない。

――こ、怖い！

言葉を選んで発言しなくては、とまごつく私に彼はずいと顔を近づけた。

「それで、どうなんだよ？」

「お、お断りします！」

「――あ？」

「と、討伐しないでください！」

私は思わず頭を抱えた。

「待てよ、あんた〈討伐隊〉にどんなイメージ持ってるんだ？」

私は噂《うわさ》や先生から聞いた逸話を出来る限り思い出した。

「魔獣の首をはねて、その血を大釜で煮て飲んでいるとか、目が合った気に食わないやつを、ぶった切る、とか？」

彼は驚きと困惑のあまり、「ええ？」と声を漏らした。

「どんな化け物だよ。〈討伐隊〉はそんな野蛮じゃない。それは脚色されすぎだ」

「そう、なんですか？」

先生は、〈討伐隊〉が好きじゃなかったから、悪い噂ばかり覚えてしまったのかも。

「あの、質問してもいいですか？」

「なんだ？」

「どうして、私を？」

「あんたが〈雨の魔術師〉だからだ」

――――答えになっているようでなっていないような。

「でも、今の私は雨を呼ぶことは出来ませんけど」

思わず予防線を張ったが、彼は「そんなことは知ってる」ときっぱりと言い放った。

「別にそこは期待していない」

なら尚更《なおさら》魔力のない魔術師をパートナーに選ぶ理由が分からない。

「俺が知ってる魔術師の中で都市の外の依頼をこなしていたのはあんただけだ。この試験はより難易度の高い依頼を如何《いか》に適切に達成するかで合否が分かれる」

「えっと、はい」

正直、試験の概要にはあまり詳しくはないので、適当に返事をしてしまった。

「でも大概は自分の力と依頼の難易度を見誤って失敗する。外がどんなに危険か理解してない結果だよ」

学生たちが授業で実践するのはあくまで教本に書いてあること。しかし課外活動はそうはいかない。教師が同行してくれるわけでもなければ、教本に書いてあることばかりでもない。そのリスクを回避するために外からの依頼の経験がある私を選ぶというのなら、合点《がてん》がいく。

それでも首席で優等生の彼にとって、私と組むメリットは少ない。

「――――でも、学年も違いますし」

「そんな規則はない」

確かに禁止事項には書いていないけれど、あまり一般的ではないような。

「でも、失敗したら首席じゃなくなるかもしれませんし。私と組んでもいいことがないと思います」

彼は頭の後ろで手を組んだ。

「俺が首席になるために努力したのは、俺を馬鹿にした奴らを見返したかったからだ。魔術師の血を引かない俺の名前が、一番上に貼りだされた時は痛快だったぜ」

「だったら――――」

尚更、努力してやっと目標を達成できたのだから、それを無駄にして欲しくないと遠慮しているというのに。

「だから、あんたも見返してやればいいんじゃないか？」

「――――っ、あなたは」

突如、お腹《なか》の底が熱くなるような感覚に襲われ、私は思わず叫んでいた。

「あなたは、優秀な魔術師だから、そんなことが言えるんです！　私は今まで色んな人に期待させて、大事な人も失望させてしまった。何も残されていない私に、出来ることなんてもう何もないんです！」

今までになく息が切れる程に叫んでいた。

「今回のパートナー選びだって！　先輩は有名人だし、選ぶことが出来る立場でしょうけど、私はそうじゃない。知ったようなこと、言わないで！」

「…………」

彼は目をぱちくりと瞬きし、私は自分の発言に血の気が引いた。

「――――っ、ご、ごめんなさい！」

あまりにも自分と違って自信に満ちている姿が羨ましくて、妬ましくて、八つ当たりをしてしまった。それも知ったようなことを言っているのは私の方だ。

「へえ、あんた意外と気が強いんだな」

「ち、違うんです！　ちょっと癇癪《かんしゃく》を起こしたというか…………」

怒ってもいい場面だというのにどこか面白そうにしている。しかしこれで私と組もうという気にはならないだろう。

「だんまりよりマシだ。これから組む相手には遠慮されるとやりづらいしな」

「え？　やっぱりだめです、パートナーなんて」

「だから！　何か都合が悪いのか？　他にパートナーいるのか？」

「そんな相手はいません！　ティンバーさんこそ、他にももっと組むのに相応《ふさわ》しい相手がいるんじゃないですか？　ほら、授業で一緒だった人とか」

魔術対戦学での授業風景をふと思い出し、思わず口にしてしまった。

「ああ。それは断ったよ」

——やっぱり、誘われたんだ。人気があるのに。

「ここまで譲歩してんのに何が嫌なんだよ。それとも、俺じゃ不満なのか？」

いくら断ろうとしても外堀を埋めてくる。いっそのこともうパートナーがいると嘘《うそ》を吐いてしまえばよかった。

何故こんなにも私に固執するのだろう。

カーン　カーン　カーン
朝を告げる鐘が三度鳴る。

強い風がフードを舞い上げ、朝焼けが町を明るく染め、雲はベールのように広がっている。何度も訪れたこの場所から見える景色がこんなに綺麗《きれい》だったことを私はずっと知らなかった。

朝焼けと同じ目の色の人が私に問いかける。

「本当に、ここで諦めるのか？」

急に優しい声音に変わった。そんな声を出せるなんて思いもよらず、私はたじろいだ。

喉の奥が苦しい。長い間言葉に出来なかった思いが、溢《あふ》れてしまう。

「私はただ、先生にもう一度会いたいだけなんです」

私の願いはただそれだけ。でも、きっと冬が明けたらこの学院に私の居場所はなくなる。

実家に戻って家名にしか興味のない父に利用されることになるだろう。

すると突然、先輩は頭をがしがしと掻《か》いて声を荒らげた。

「ああ、もういい、分かった！　お前がうじうじ言うなら、俺があんたを外に連れていく！」

「ええ？」

「それで魔力も取り戻せれば文句ないんだろ！」

「でも、ティンバーさん。い、言ってることが無茶苦茶です！」

「あんたが試験を受けたくないのは、ただ臆病なだけだろ！　たった三つの依頼をどうにかすれば状況が変わるんだ」

先輩の苛立《いらだ》ちが最高潮になり、私はただ混乱した。

「それからそのティンバーさんってやめろ」

「じゃあ、ティンバー先輩」

「ユエル」

「ゆ、ユエル先輩……」

それでいいや、とばかりに先輩はため息を吐いた。

「でも。でもでも、やっぱり先輩には関係ないことじゃ……」

「――はあ？」

「ひいっ」

――やっぱり、気に食わない魔術師をぶった切っているのは本当なのかも。関係のないことは本当なのに、理不尽のような気もする。

「じゃあ、放課後、噴水広場で待ち合わせだからな！」

矢継ぎ早に言いたいことだけ言って、先輩は塔の螺旋《らせん》階段を下りて行った。

「え、ちょっと、先輩！」

引き留めようにも〈討伐隊〉で鍛えられた脚力に、私の鈍足では追いつけない。

――どうしよう、無視してしまおうか。しかも何の待ち合わせ？　何の約束？

「でも噂がもし本当なら、私は……」

退学よりも先にぶった切られる！

想像したら貧血に襲われて、私はその場にへたりこんでしまった。

――――でも、もしかしたら。

私はもう一度魔術師に戻れるのかもしれない。

目頭が熱くなっているのは、きっと朝日が眩《まぶ》しいせいだろう。

何かが変わる一縷《いちる》の望みがこんなにも私の中を満たしている。

＊

学院にはいくつか広場があり、その中でも噴水広場はあまり人気《ひとけ》がない。

白と水色の波紋のようなタイルが敷き詰められ、噴水から水があふれているように見えるので、私のお気に入りの場所だった。

先輩よりも先に到着した私は何周回ったのか分からなくなる程、ずっと噴水の周りをぐるぐるしていた。

――――まったく分からない。

つまり〈討伐隊〉の人にパートナーになるように誘われたわけだけれど、その理由が結局分からないままだった。

私が雨の魔術師だからパートナーに選んだというのが建前だという事ぐらい分かる。相手が見つからないわけでもなく、取引を持ち掛けて来たわけでもない。では、何故？

「はああ」

思わず髪をくしゃくしゃにしたせいか、頭がほぐれたのか突如閃《ひらめ》いた。

「まさか………」

私の価値と言えばユーフォルビア家の家系だ。

――もしかして、私の血を呑《の》むために。

体の一部を取り込むことは、確かに魔力を手に入れる手段の一つだ。髪や爪はもっとも手軽だ。それよりも強い力を手に入れられるのは魔眼、手足、それから血。

「血が何だって？」

「わあ！」

「うおっ」

私を悩ます張本人が背後に立っていた。

「い、いつからそこに？」

「噴水の周りぐるぐるしてるところから」

最初から見られていた上に、漏れ出ていた心の声を聞かれてしまったようだ。

先輩は制服のベストを身に着けているが、シャツのボタンは外しているし、ローブは着ていない。とにかく動きやすさを重視した身軽さである。しかしそれが彼らしい。

「汗、すごいぞ。暑いならローブ脱げよ」

「いえ、お構いなく！　あの、先輩」

「何だよ」

「私は何を返せばいいでしょうか？」

私の問いに先輩は眉をひそめた。

「返す？　何を？」

「取引と契約には代償が必要です。私は何を渡せばいいでしょうか？」

魔術師の約束には必要なことだ。

私は固唾《かたず》を呑んで覚悟を決めた。

先輩はつかつかと私に近づいて私のローブのポケットに手を突っ込み、魔力回復のためのキャンディを取った。

「じゃあ、これ」

「そんなものでいいんですか？」

パートナーになった代償にキャンディ一つとはあまりにも釣り合わない。しかし先輩は呆《あき》れたようにため息を吐いた。

「あのな。代償だとか、損得勘定であんたを誘ったわけじゃない」

「そ、そうなんですか」

――私は何て失礼なことを考えていたんだろう。偶然とはいえ、私を助けてくれて選んでくれた人なのに。

「でも、それじゃ釣り合いませんし」

「分かった。なら、試験が終わるまでに考えとく。それでいいだろ？」

「分、かりました」

でもこのまま何もかも任せてしまっていいのだろうか。流されるままでは私は何もできず、何も変わらないままだろう。

私は思わず先輩の手を摑《つか》んだが、先輩は反射的に手を振り払った。

「――――っ」

「す、すみません！」

「あ、悪い。どうした？」

「先輩、その一つというか、いくつかお願いがございまして。でも、もし先輩が嫌なら断ってくれていいんですけど」

「…………？」

先輩は首を傾《かし》げ、私の言葉の続きを待ってくれている。私は、ごくりと唾を呑み込み心を落ち着かせた。

「行き先、出来れば私の魔力と相性がいい所にしてもらえないでしょうか？」

「――――行き先？」

「はい。相性がいい場所と条件なら、私の知識が生かせるかもしれませんし、それに……………。こっちが本当の理由なんですが、私の魔力が戻るかもしれないので」

私は両手の指を組み、顔を上げた。

「図々《ずうずう》しいお願いだというのは分かってます！　でも」

だからこそチャンスを生かさないと。

沈黙していた先輩はそっぽを向いてしまった。

「あんた、友達いないだろ？　人の善意に付け込むの下手すぎ」

「うっ」

痛い所をついてくる。

先輩は背中を向けたままで、私は先輩の返答をじっと待った。

「肝心なこと聞いてないんだが――――」

「は、はい」

「つまり、パートナー成立っていうことでいいか？」

「は、はい！」

良かった。私のわがままにも怒っていないみたいだ。これから早速、魔術協会に行って行き先を選ばなければ。

「じゃ、外出許可とパートナーの申請に行くぞ」

「許可？　申請？」

今度は私が首を傾げた。

「両方、教師の許可が必要だって案内あっただろうが」

「そ、そうでしたっけ。え、じゃあ、今日の待ち合わせってそのために？」

「言ってなかったな、そういえば」

先輩は悪びれることもなくあっけらかんとしている。と思ったら、突然崩れ落ちた。

「ど、どうしました！」

口を押えて顔は青ざめている。

「このキャンディ、薄荷かよ！」

「はい、薄荷です！」

「馬鹿、これ……味強すぎ」

どうやら私のお手製の薄荷キャンディが口に合わなかったらしい。心なしか涙目になっている気がする。

魔獣さえも恐れない〈討伐隊〉の一員を、まさかキャンディ一つで撃沈させられたことに、私は思わず笑ってしまった。

広場を抜けて食堂の裏口を入り、梯子《はしご》を上り続け、右に左に歩いた。

覚えていられないほど曲がり、とある部屋の前に辿《たど》り着いた。恐らく学院の南側の棟の中だ。

教授に与えられる部屋は魔術師としての研究室であり、工房の一つ。秘匿とすべき教授の研究室が学院のどこにあるかは、本当に親しい仲の学生しか知りえないのだ。

「ここ、ガリア教授の研究室なんじゃ」

ガリア教授は数か月前に亡くなった老齢の天文学の教授だ。歩くこともままならないのに、教授の職にしがみつき、最期は授業中にぽっくり亡くなったという。

まさか死人の名前を借りて良からぬことをするのではと過《よぎ》ったが、どうやら違うらしい。

「いや、今は俺の師匠の研究室なんだよ」

扉の前で中にいる魔術師の話をするが、先輩は一向にノックをしない。部屋に入ることを渋っているようだ。

「サイン、貰《もら》わないんですか？」

「それもあるが………。その人が持ってる道具も貰おうと思って」

成程、師匠から大事な物を借りたいのか。

——先輩がここまで躊躇《ためら》うってことは、おっかない人なのかもしれない。〈討伐隊〉に入れるまでに鍛えた魔術師の師匠ならば、筋骨隆々の大男とか？

思わずごくりと息を呑み、覚悟した。

ノックをすると奥から「どうぞ」と凜《りん》とした女性の声がする。がちゃりと施錠されていた鍵が開く音がして先輩は扉を開けた。

まだ明るい時間だがカーテンは閉め切られており、書斎机のランプが灯《とも》っている。壁一面の本棚の隙間に腰を下ろしていたふっくらとした白いモモンガが、割ったクルミの殻を器用にグラスへ放り投げている。

書斎机には三十代後半くらいの美女が座っていた。

ココアブラウンのロングヘアを結い上げ、深い紅色の目、体にぴったりとした紺色のワンピースとジャケット、目の色と同じルージュと目元の泣きボクロが色気を醸し出している。

私は思わずスカートのしわを伸ばした。

「ああ、あなたね。ユエルのパートナーって」

妖艶な見た目とは違い、爽やかでさっぱりとした口調だ。

「私はルイコ・ラプリツィエル。三か月前からここで教授をしているの。ついでにそこの青二才の師匠よ」

ルイコは先輩を指さした。どうして先輩は顰《しか》め面《つら》をしているのだろう。

「あの、お邪魔します。私は――――」

「知っているわ。シャロムニーア・ユーフォルビアさん」

思わず先輩を見たが肩をすくめるだけ。それを見て、ルイコは「ああ」と笑いかけた。

「安心して。私はローウェンやエヴァンズとは違って、アドラーに対して敵意も興味もないから。ほんと、敵を作りやすい魔術師を師匠に持つと大変ねえ」

同じ嫌みでもこの人からの言葉には毒気がなく、サバサバとしている。

「ユエルが紹介してくれるっていうことは、もう話は聞いたのね？」

「えっと」

「あら？　課外活動の話じゃないのかしら？」

「そうだよ。それから部屋をもう少し明るくできないか？」

するとルイコはモモンガに部屋を明るくするよう命じた。どうやら彼女の使い魔らしい。

モモンガは手に持っていたクルミを置き、部屋を滑空して部屋中のランプを点《つ》けて飛び回り、先輩の頭に着地した。白くてふわふわで妖精のように可愛《かわい》らしい。しかし先輩は愛《め》でるどころか、心底嫌そうにそのモモンガの首根っこを摑んで本棚に戻した。

「それより聞いてよ、ユエル。酷《ひど》いのよ、オニキスの砂が一袋で金貨一枚もするの。アトラスティアは本当に物価が高いのね。こんなことなら取り寄せるんだったわ」

「ちょっと、世間話はいいから、ルイコさん」

「師匠と呼びなさいな。それで、試験のことで用があるんでしょう？」

「申請書にサインが欲しい。それから、あの〈革袋〉はどこだ？　ちゃんと持って来てるんだろうな」

「〈革袋〉？　あるけど、どうして？」

「試験で使うから。俺に譲って欲しい」

「どうしようかしら。ユエルは乱暴者だからねえ。破らないって約束できるの？」

「いいだろ、どうせ使ってないんだし」

「そうねえ。じゃあ、少し早いけど誕生日プレゼントってことにしておくわ」

ルイコは「あそこよ」と部屋の隅に山のように積まれた荷物を指さした。天井にまで届く程に乱雑に積まれたそれは、何か一つ取ると崩れてしまう程、微妙なバランスで積み上がっている。不揃《ふぞろ》いの箱とカバン、それから謎の置物の数々。

「おい、勘弁してくれよ」

先輩は荷物の山に顔をしかめた。

「仕方ないでしょ、あんたが荷ほどき手伝ってくれなかったからよ」

「荷物整理くらい自分でやれよ。嫌なら俺が魔術で――――」

「嫌よ！　せっかく自力で持ってきたのに。変な魔術をかけないで頂戴！」

ルイコはむう、と頬を膨らませた。

話についていけていない私に、ルイコは説明してくれた。

「ああ、〈革袋〉っていうのはね、〈メーテルの革袋〉よ。何でも入る魔道具ね。課外活動にぴったりだもの。けど、どこへやったか覚えてないのよねえ」

先輩は深いため息を吐き、呆《あき》れ果てている。

「悪い、少し待っててくれるか。このゴミ山から捜すから」

「は、はい」

ゴミ山。自分の荷物にそう言われてもルイコはあっけらかんとしている。

「じゃ、ユエルが捜している間に女同士でゆっくり、二人きりでお茶会しましょ」

ルイコはぽん、と手を合わせてウキウキと誘う。

「お茶会？　え、俺は？」

「ゴミ山から捜すんでしょう？　頑張りなさいな。助《すけ》っ人《と》も置いてあげるから」

とルイコは先輩の肩に使い魔を置き、戸惑う私にウインクして、本棚の隠し扉の奥へと案内した。置き去りにされた先輩はモモンガと喧嘩《けんか》をしながら〈革袋〉捜索に取り掛かった。

「さあ、どうぞ」

談話室に入った途端、置時計が鳴り思わず身をすくめてしまった。どうやら客人の来訪に応じて鳴る仕組みになっているらしい。

「わあ」

部屋の内装を見て、思わず感嘆の声をあげてしまった。

天井には鉱石が埋め込まれた星図。小型の太陽系儀、望遠鏡なども揃っている。

窓際にはルイコのプライベートスペースらしく、数十を超えるハーブと綿、ぼんやりと光る草花が飾られている。

扉がばたりと閉まり、思わず後ずさりをしてしまった。

「あの、試験に関係ある物なら私も手伝った方が……」

「いいのよ、やらせておけば。宝探しはあの子の得意分野だもの。それよりも私のおしゃべりに付き合って頂戴」

はじめて会う人と二人きりでは緊張する。おっかなくても先輩が居てくれた方がいい。

「ごめんなさいね、あの子に何か強引に誘われたって感じかしら？」

「い、いいえ。そんなことは」

――嘘《うそ》です。結構強引でした。

「そうよね、ちょっと高圧的っていうか。あれは〈討伐隊〉にいたせいねえ」

「どうして〈討伐隊〉に？」

「魔術師の血を引かない者がこの魔術学院に入学するには、上級以上の魔術師三名以上の推薦か、実戦経験が最低でも三年必要なのは知っているかしら？」

「し、知りませんでした」

「つまり、学院に入るために〈討伐隊〉に入ったのよ」

ルイコは懐かしみつつ少し呆れたように笑った。

〈討伐隊〉に入って危険を冒してまで、学院に入学したいと思う者は少ないだろう。

先輩の年齢が十八くらいなら、学院の入学は一年前。随分若い時から〈討伐隊〉に籍を置いていた計算になる。

「でも、私は入学試験も推薦も受けてないような」

「あなたは魔術師の家の生まれだしあのアドラーの弟子ですもの。推薦なんてなくても入学できたわ。ああ、贔屓《ひいき》ってわけじゃないわよ。アドラーが後押ししなくても学院が欲しがるってこと」

「私をご存じだったんですね」

「知らないのはもぐりの魔術師ね。十歳で上級魔術師になった天才少女だもの」

「あの、それはもう昔のことで」

当時は気にも留めていなかったその呼び名が、今となっては不釣り合いで恥ずかしい。

「〈雨の魔術師〉。天候を操る魔術師なら、ユーフォルビア家に相応《ふさわ》しい称号じゃないの」

「私は準特級なの。古株の教授たちのご機嫌取りなんて最悪よ。そう思わない？　何せ前任のガリア教授がぽっくり逝っちゃったでしょう？　空きが天文学しかなくて無理やりねじ込まれたの」

「そう、でしょうか？」

愚痴が止まらないルイコに圧倒され、私は苦笑いするしかなかった。

「あら、嫌だ。お茶を用意するんだったわ」

ルイコはアルコールランプの熱で湯を沸かして、ポットへ注いだ。

魔術を使わないで淹《い》れるなんて今時は少ない。調理でさえも魔道具任せだ。

「珍しい？　魔術は確かに便利だけれど、何でもかんでも魔術を使うことはしたくなくてね。それだと面白くないでしょ？　ユエルにも同じように教えたわ」

ルイコは肘掛け椅子に、私は促されてソファに座り、ハーブの香りを堪能《たんのう》した。スペアミントとローズマリーの香りだ。

花弁のような可愛いティーカップに入れて、お茶うけにはクルミのビスケット。あのモモンガが割ってくれたクルミだろうか。

「教授の……ルイコさんの使い魔ですか？　あのモモンガは」

「ええ。スピカっていうの。一応あれでも魔獣なのよ」

「え？　そうは見えませんでした」

「クルミを与えないと本まで齧《かじ》っちゃうんだから。あなたの使い魔はいないの？」

魔術師には精霊や魔獣などとの使い魔としての主従契約が許されている。親から代々受け継ぐこともあれば、偶然出会い契約することもある。

しかし魔力がない魔術師と契約する使い魔などいるはずはない。アドラーの弟子ともなればすでに使い魔と契約しているに違いないと思うのは当然だろう。

「えっと、いません。魔力がないので、出会ったとしても契約はできないですし」

「ふうん、意外ね」

ルイコは「期待外れ」という表情ではなくただ驚いているだけだ。そしてティーポットから二杯目を注いだルイコは笑顔になった。

「それで？　私に何か聞きたいことがあるのでしょう？」

「え？」

「お茶の色を見れば分かるわよ」

確かに一杯目に比べて二杯目は少し濁っている。

お茶に何か仕掛けがあるのかと思わず匂いを嗅いだが、ハーブのいい香りしかしない。

「あなた薄荷のキャンディを舐《な》めていたでしょう？　そのカップに紅茶を注ぐと、飲んだ人の感情をお茶の色で表してくれるの。濁っているのは不安な時。薄荷は特に強く反応するのよ。面白いでしょう？」

「やられました」

流石《さすが》は準特級の魔術師。何気ないところに魔術を施すところに感心してしまう。

ルイコのいたずらに思わず笑いが零《こぼ》れてしまった。私をリラックスさせるために仕掛けたのかもしれない。

「先輩が作った料理を食べたんですが、何か特別な魔術でもかけているんでしょうか？」

「あら、どういうこと？」

「その、食べた時に不思議な感じがして。私の知らない魔術なのかも、と」

「それ、本人に言ってあげて。喜ぶから」

ルイコから教わった不思議な魔術かと思って尋ねたのだが、はぐらかされてしまった。

「実は、他にも聞きたいことがあって。その…………」

「私もね、知りたいことがあるのよ」

かちゃり、とルイコはティーカップを少し強めに置いた。そのひと時の静寂は、私の質問には答えたくないという意思表示だと理解した。

「魔術を使えないあなたはどうやって試験をパス出来るのかしら。何か策はあるの？」

冷たくなった語気に私は咄嗟《とっさ》に理解した。彼女は弟子の昇級を案じているのだ。

「それはその。できるだけ足は引っ張らないように、しますので。策はないんですけど」

「…………」

黙ったままのルイコに恐る恐る視線を向けると、彼女は途端に、弾《はじ》けるように笑った。

「ごめんなさい！　てっきりユエルはあなたを誘った理由を言ってるのかと思ったから。試したみたいでごめんなさいね。それにしても、ユエルったら。何を考えているのかしら。ああ、おかしい！」

「え？　え？」

「その様子だと、どうしてあなたをパートナーにしたのか、聞いてないのね？」

「――――え？」

笑っていいのか、怒っていいのか分からず戸惑っていると、扉が開いた。

ぐったりとした先輩の顔や腕に引っかき傷がある。荷物整理はそんなに怪我《けが》をする程、過酷だったのだろうか。

「ルイコさん、この『クルミ割り器』の躾《しつけ》。どうにかしてくれ」

「あらあら、師匠の使い魔をそんな風に言うものじゃないわ。手伝ったのでしょう？」

どうやらこのモモンガと先輩は相性が悪いらしい。モモンガの可愛《かわい》らしい顔にも先輩の眉間にもしわがぐっと寄った。

「わっ」

スピカはすいっと滑空して私の肩に飛び乗り頬ずりして、すぐにルイコの肩へと飛んで行った。ご褒美のクルミを籠いっぱいに貰《もら》い、またひたすらにクルミを齧り始めた。

「か、かわいい」

「気を付けろよ。そいつ凶暴だぜ」

「あんたにだけよ。それで、見つかったの？」

右手にはちゃんと戦利品が握られていた。本当にただの革袋にしか見えない。たとえこのまま市場に売られてしまっても判別すらできないだろう。

「満足しただろ、ルイコさん」

「ええ、十分にね。ほら、申請書にサインしておいたわよ」

ふわりと風で飛ばし、空中でくるくると筒状に丸まった書類を先輩は手慣れた手つきで受け取った。

「じゃあ、またお話ししましょう」

「あ、はい。ありがとうございました」

何度もペコペコと頭を下げて、ルイコの研究室を後にした。

――すごい挙動不審なことをしてしまった。

廊下を歩きながら先輩は咳払《せきばら》いをして尋ねた。

「変なこと吹き込まれなかったか？」

「い、いえ。特には――」

少しだけ、怖かった瞬間はあったけれど。

「本当か？　あの人、意地が悪いだろ？」

また不機嫌になってしまわないだろうか。慎重に言葉を選ばなければ。

「えっと。先輩のことを心配していました。私と一緒だと試験に落ちないかって」

「そうか、なら良かった」

――いや、良くはないと思うけれど。

「しまった。中身見てなかった」

もし私物が入っていたら返さなくてはならない。

途端に、先輩は革袋をひっくり返した、本や道具、ティースプーン。最後にはひらひらと女物の下着が落ちて来て、先輩は顔を引きつらせ、長く深いため息を吐いた。

「本当、変な師匠を持つと苦労するよな」

それには私も同情するしかなかった。

部屋を出た後で、私はふと思い至った。

――先輩が私をパートナーに選んだ理由をルイコさんは知っていた？

＊

試験当日。

参加する学生たちは学院中央にある広場に招集された。

参加者は九十二名。学年、クラスの垣根なくパートナーを選べるが、ほとんどの学生は同じクラスの学生を相手に選んでいるようだ。

学院からのオリエンテーションの後、学生は各々最初の依頼先へと向かう。そのため、遠方へ向かう者は皆旅支度を済ましている。

私の荷物は先生から貰った赤い雨傘と持ち運べる程度の旅行カバンだ。

先輩は必要な物は〈革袋〉に詰めるだけ詰めたらしく、荷物はそれだけだ。

名家の子息と思《おぼ》しき学生たちは見事な杖《つえ》や道具を身に着けており、また一方でお手製の魔道具を作った学生たちは各々見せびらかしている。

しかし、彼らをじっくりと観察する余裕など私にはなかった。

――――視線が痛い。

参加者たちの視線は明らかに私と先輩に向いている。

「フード取れ。逆に目立つぞ」

「え?」

「挙動が変だから目立つんだ。しゃんとしてろ」

――――悪目立ちしている理由の半分はユエル先輩のせいだとは思うけど。

特に女子学生からの視線をひしひしと感じる。この組み合わせはやっぱり良くない。

「…………」

先輩は無言でフードを無理やり取った。

「と、取らないで下さい！」

「お前。それ寝ぐせ？」

私は慌てて髪を押えるも、ぴょこりとはねてしまう。

「昨日髪を乾かすの忘れたんです！」

「朝、髪くらいとかせよ」

「寝坊したんです！」

フードを被《かぶ》りなおし、今度は取られまいと摑《つか》んでおいた。

緊張してなかなか寝付けなかったなんて言えるわけがない。

「…………」

――しまった。怒らせてしまったかも。

気遣う先輩に対して不遜な態度を取ってしまった。自分がだらしないだけなのに。

「なら、俺も」

「え？」

先輩は中に着ていた自前のパーカーのフードを被った。

「ユエル先輩、余計目立ちます！」

「もう、いいだろ。始まるぞ」

――――やっぱりよく分からない、この先輩。

ラッパの合図で学生たちの視線が演壇の上に集まる。

演壇の上に現れたのは副院長メイヴィス・ローウェンである。

「学生諸君、今年もこの季節がやって来ました」

上等なローブを身に着け、格式ばった雰囲気を醸し出すことは彼の十八番《おはこ》らしい。

「〈昇級試験〉。通常のテストとは異なり、より実践的な成果が求められます。そして依頼の難易度に準じた成果に応じて評価されます。まさに魔術師階級の縮図を現わす試験と言えるでしょう」

ローウェンはよどみなく説明を続けた。

「よりいい成績を残した学生には魔術協会への推薦状も期待できることでしょう」

学生たちは期待と高揚にざわついた。

魔術協会〈オリエンタル・リリー〉。

アトラスの主要統治組織であり、そこに所属する魔術師はいわばエリート中のエリートだ。多くの魔術師の憧れであるが、他の学生と違い先輩は顔をしかめ、ぼそりと呟《つぶや》いた。

「いいように言ってるけど、要は優秀な魔術師を手元に置いておくための口実だろ」

「それって悪いことなんですか？」

先輩はちらりと私を見て、また視線を演壇に戻した。

「都市の外は魔術師が不足している。本来はそっちに回すべきだ。優秀な魔術師が外にいないから協会への依頼が増えるんだよ」

都市の外で〈討伐隊〉として活躍していた魔術師ならではの意見だ。

「静粛に」

副院長の言葉に学生たちは静まり、視線がまた集まる。

「試験の期限は本日より二か月。協会の依頼を三つ達成することが合格の基準となります。特に下級生と同行する上級生は行き先をよくよく考えるように」

そしてローウェンは咳《せき》をして、胸ポケットから細い小物を取り出した。万年筆のようだ。

「諸君が魔術師として活動する以上、危険が伴うこともあるでしょう。今年から特別にこの道具を一組につき一つ、支給します」

参加者たちは事前に知らされていない事態に少しざわついた。

「この道具を使用すれば、すぐにこの広場に戻って来られるよう、転移の魔術が組み込まれています。ですがこれを利用した場合、課題は未達成と判断します。十分に考えて使用するように」

成程。学生の身を案じてパートナー制にしただけではなく、棄権も出来るように考慮している。演壇から包装された万年筆がふわふわと浮かんで届けられた。

「さあ、皆さん。この《昇級試験》を、大いなる魔術師を目指す糧としてください」

ローウェンの合図で包装紙が弾け、花びらへと姿を変えた。

そして学生たちの盛大な拍手でオリエンテーションは締めくくられたのである。


ようやくフードを取った先輩は伸びをした。

「お前、さっきの嫌み分かってないだろ。行き先をよく考えろってやつ」

「それは……。先輩がひねくれすぎなのでは？」

「下級生の参加者はほとんどいないんだ。余程アドラーの弟子であるお前に上手《うま》くいって欲しくないんだろうよ」

昼の鐘が五回鳴り、各々の行き先へと向かう時刻を知らせている。

「じゃあ、行くか」

「はい！」

第二話：星見の岬

試験開始の三日前。

私たちは最初の依頼を決めるため塔で待ち合わせをした。塔は人目がないことが何よりいい。学生向けに貼りだされた依頼の一覧にさっと目を通した先輩とは異なり、私は一時間近くにらめっこしていた。

「行きたいところ決めたか？」

「えっと。いいかどうかは分からないんですが、ここかどうでしょう？」

星見《ほしみ》の岬。アトラスの南西部にその岬はある。

天文学の教授の弟子なら、きっと天体に詳しいし、この分野は得意に違いない。それに海辺は雨が溜《た》まる場所でもある。雨雲にとって海は欠かせない場所なので、可能性はあるだろう。少し距離があるが、互いにとっては都合がいいはずだ。

先輩はきょとんと目を丸くした。

——的外れだっただろうか。

「何だよ、俺と同じところ選んだのか」

先輩は戸惑う私に、何かを差し出した。

ティースプーン。

「これが、何か？」

私は更に困惑した。

「革袋に入ってた」

確かにひっくり返した時に落ちたガラクタの中に紛れていた物の一つだ。

お茶を混ぜるには少し躊躇《ためら》われる程錆《さ》びている。

「この印分かるか？」

ティースプーンの持ち手に刻まれているのは幾何学模様の星の形。地図に記された星見の岬を示す印と同じ模様だ。

「もしかしてルイコさんが？」

「………………。あの人の思惑に乗るのは癪《しゃく》だけどな。こういうイタズラが好きなんだよ」

ルイコなりに弟子を案じているのだろう。

「いい師匠じゃないですか」

「――――全然違う」

先輩はムッとして顔を逸《そ》らした。素直になれないところは師匠譲りらしい。

「見た目はスプーンだけど、これは鍵だ」

「どうしてわかったんですか？」

「それが俺の力だから。まあ、それはおいおい話すとして。これが何の鍵か分かるか？」

「もしかして、〈ハイドシークの扉〉の鍵、ですか？」

「多分な」

〈ハイドシークの扉〉は鍵を鍵穴にさせば、印のあるところへ飛べるという代物である。最も古い魔道具の一つで、元は身を隠すためにいくつか造られたという。扉があっても鍵がなくては入れず、鍵は長い時間の中で紛失もしくは行方不明になっている、大変レアな扉なのである。そして扉自体も数が少なく、この魔術都市には一か所しかない。

　この魔術学院の中である。

　そして〈扉〉の場所は学院七不思議の一つとされている。

学院七不思議と言えば、〈ハイドシークの扉〉をはじめ、〈鏡の中にいる吸血鬼〉や〈創設者の隠れ家〉などが挙げられる。

　きっと〈扉〉を使えば数日かかる行程を大幅に短縮できるだろう。

「星見の岬は、星と海の魔力が溜まるパワースポットだ。ちょうどいいと思ってな。どうだ？」

　――ちょうどいい。

きっと言われるがまま、流されるだろうと思っていたが、この先輩は私に意見を求めてくれる。

「えっと……」

「やっぱりルイコさんに何か言われたのか？」

「ち、違います！　そうじゃなくて、ですね」

ルイコを警戒しているから薦めた場所が気に食わないというわけではない。

「私じゃなくて、先輩に合った行き先の方は、ありましたか？」

「俺はどこでも平気だぜ。寒いところじゃなきゃな」

「あ、成程」

腑《ふ》に落ちたわけではないが、あまりにもあっさりと答えたので驚いた。確かに南西部はここより少し暖かい。

「――――で？」

「い、いいと思います！　よろしくお願いします」

最初の依頼は、事前に申し込みが必須だ。依頼の奪い合いやダブルブッキングを避けるため、魔術協会に先に申し込みをした魔術師に委ねられる。

私たちはそうして一つ目の行き先を決めたのだった。

魔術協会から渡された依頼書は羊皮紙に綴《つづ》られており、魔術がかけられた円筒タイプのガラス瓶に入っていた。

必要な相手以外に見られないように、古い書物や手紙には自己防衛の魔術がかけられている。

依頼書も同様で、正式な依頼を受諾した魔術師のみ、そのガラス瓶を開けられる。

配付された一覧表の内容よりもより詳しい情報が得られるのだが……。

〈星見の岬にある観測器の修理および稼働の確認をお願いする。報酬は金貨三枚。星が観測できる期間に完遂し、その報告を行うこと。
依頼者　魔術協会〉

何とも素っ気ない、使い回されたような依頼内容である。

一応と言うべきか、依頼書には観測器の図面と簡易な地図が添えられていた。

「報酬がしょっぱいな。道理で誰も選ばないわけだ」

円筒の底には報酬が刻印されているが、皆これを見て依頼内容を見ることなく戻してしまうのだろう。

金貨一枚は普通の宿で二泊できる程度だ。確かに二人組で三枚では安すぎる。課題とはいえ報酬が割に合わない依頼を選ぶ学生はいないだろう。直接ではないが、ルイコは何故《なぜ》この場所を弟子に薦めたのだろうか。

「この星が観測出来るのは、出発の日から考えると七日ぐらいでしょうか？」

「どうしてそう思うんだ？」

「この時季の南西部には寒気が来て、海岸付近は雨雲が発生する不安定な天候になります。気温が下がる夜には濃霧や雨雲が発生してしまうので、観測が出来なくなってしまいますから」

成程な、と先輩は頷《うなず》いた。

「流石《さすが》、天候の魔術師の末裔《まつえい》だな」

「…………」

謙遜しても否定しても嫌みにしかならないので、私は沈黙した。

「褒めたつもりだったんだけど」

「す、すみません」

〈はじまりの魔術師〉の一人、ユリアス・ユーフォルビア。私の祖先であるのだが、如何《いか》に偉大で素晴らしい魔術師だったのか私は知らない。学生と同じく教本に載っている程度の知識しかないし、ただの歴史上の人物と同じだ。その血縁者と褒められても実感が湧かない。

「まあ、魔術師に家のことを訊《き》くのは野暮だからな」

先輩はあっさりと受け流した。

「修理は、七日もあれば十分だ。じゃあ、〈扉〉探しと準備に取り掛かるか」

先輩はぐっと伸びをして旅支度に必要なものを探すため、学院の外へと向かった。

「そうしましょう」

＊

〈昇級試験〉が開始され、意気揚々と広場を後にしたものの、私たちが向かうのは学院の外ではない。

「本当にありましたね」

偶然にも〈ハイドシークの扉〉は私と先輩が会っていた螺旋《らせん》階段のある塔の地下に鎮座していたのである。重々しく古い扉だが、どう見ても廃墟《はいきょ》に捨てられた扉にしか見えない。

「七不思議の一つが、こうもあっさり見つかっていいのか」

「〈扉〉自体があっても鍵がなければ繋《つな》がりませんから。扉よりも鍵の方がレアなんですよ」

先輩は〈革袋〉に手を突っ込んで、例のティースプーンを取り出した。しかしこれが鍵だと分かった先輩の魔術の特性の方が気になるところだ。

「でも、ティースプーンじゃ鍵穴に入りませんよね。どうするんですか、ユエル先輩？」

「そうだな。ねじこむか」

鍵穴とサイズが合わないとはいえ、それは些《いささ》か乱暴すぎる。

「流石にそれは……。あれ？」

先輩が扉にティースプーンを近づけた瞬間、鍵へと形を変えた。鍵穴に鍵を挿し込むとガチャリとはまる音がした。

「当たりだな」

「みたいですね」

「行くぞ」

「はい」

私は心を落ち着けるために一つ深呼吸をした。私をちらりと見た先輩はドアノブを捻《ひね》り、扉を開けた。

地図の通りならこの先には岬があり、海が広がっているはずだった。

「どわっ」

「ええ！」

先輩が急に視界から消え、同時に私の体も反転した。扉を開けたそこは地面ではなく、広がる真っ青な空。

扉は空中に繋がっていたのだ。私たちは真っ逆さまに落ち、闇雲に互いに手を伸ばして摑《つか》んだ。

「先輩！」

私は握っていた雨傘を咄嗟《とっさ》に上に向けた。

「ナイス！」

風圧で開いた傘はふわりと広がり、私たちの急速落下を防いでくれた。

先輩は嚙《か》んで革手袋を外し、傘の柄を摑んで横に煽《あお》られる私の体を抱き寄せた。

「俺が風をコントロールする！　傘を離すなよ！」

「は、はい！」

風でフードが舞い上がってしまい視界を塞いで前が良く見えない。

「ち、違う場所に出てしまったんでしょうか！」

「いや、どうやら当たりだぜ。見てみろよ」

顔に当たる風が収まり、先輩の視線の先を私も恐る恐る見た。

視界に広がるのは青。

晴れた空に海。

白んではっきりと見えない水平線。

足元の岬には白い灯台と点在するモニュメント。

「綺麗《きれい》、ですね」

「ほんと、ゆっくり眺めたい気分だな。こんな落ち方じゃなかったら」

「で、ですね」

扉は地図どおりの位置にあったのだ。ただそれが陸の上ではなかったというだけだ。

「下りるぜ」

「は、はい」

風を上手《うま》く摑み、螺旋を描くように着地した。灯台から離れたところだが、十分歩ける距離だ。

灯台の周りには町も村もなく、人の気配が全くない。この岬は無人らしい。

風で乱れた身なりを整えながら、先輩は「何であんなところに扉をつけたんだ」と愚痴をこぼしている。このことを師匠のルイコが知っているのだったら許しがたいと、憤慨していた。

「先輩、あの」

「どうした？」

「その、帰りは？」

扉は遥《はる》か上空。見上げても日差しのせいかはっきりと扉がどこにあったか見えない。もう消えてしまったのかもしれないし、鍵があっても扉に辿《たど》り着けなければ戻ることなどできない。

「あーあ、仕方ない。こりゃ、帰りは汽車だな」

今回の依頼は魔術協会への移動も含めて報告まで七日以内の達成が必要だ。ここは南西の最果ての岬のため、都市に戻るにも三日はかかる。やはりこの不便さから誰も引き受けなかったのだろう。

「じゃあ、逆算すると遅くても四日以内に依頼を達成しなくてはいけないですね」

「そうなるな」

やれやれとひと息吐いたところで、私たちは徒歩で灯台を目指した。

岬には一面、綿毛の草原が広がっていた。

潮風に乗って綿毛が舞い上がり、二人の上着にふわふわとまとわりついてしまう。

「観測器の修理はもう何年も色んな魔術師が持ち回りで依頼を受けてるらしい。何でもこの岬でしか観測できない星を観測、記録しているんだとか」

事前に調べてはあるが、先輩は観測器に纏《まつ》わる文献や資料の写しを持ってきていた。それに再度目を通しても、私には分からないことがあった。

「どうして星の観測を続けているんですかね？」

「確かに。依頼書には何も書かれてなかったな」

「ここ、魔術協会のものなんですよね？」

「不満か？」

「いえ、そうじゃなくて。もしかして、ここの管理をしていた魔術師はいなかったんでしょうか？」

「管理できなくなって手放すなんてよくある話だ。不便な田舎で魔術師が減っていくのはどこも同じだろうし」

「なんか、そう考えると寂しい、ですね」

目的も分かってもらえず、誰にも寄り付かれなくなった場所。先輩の言う通り、ありふれているけれど、悲しくて寂しく感じてしまう。

灯台に辿り着いたところで、先輩は足元に落ちている異物に首を傾《かし》げた。

それはリンゴよりも一回り大きく、カラコロと音を立てて転がった。

「これは、土人形でしょうか？」

「それにしては不細工だな」

丸々としているが短い手足を持ち目と鼻を模した穴が空いている。土を焼いて作られたようだ。カラコロと鳴るのは空洞の中に固形物が入っているかららしい。恐らく金属片だろう。何かの儀式に使うものなのだろうか。可愛《かわい》らしいフォルムだと思うのだが、先輩はそれを手に取って眉をひそめた。

灯台にこの土人形。誰かの落とし物だろうか。それとも、何かの骨董品《こっとう》？

コロコロ。コロコロ。

「何かたくさん落ちてるな」

「誰かの忘れ物、でしょうか？」

形や大きさ違いの土人形が、まだいくつも転がっていた。いや、転がって来た。

三つ四つではない。三十、いや百はある。

「この形、蹴り飛ばしたくなるな」

「だ、ダメですよ。可哀想《かわいそう》じゃないですか！」

「冗談だ」

次から次へとコロコロと転がってくる。そして私たちを取り囲み、一瞬、ぴたりと動きを止めた。突然、土人形たちは一斉に跳ね、ガチャガチャと脚に体当たりしてきた。

「せ、先輩！」

「これはまずいな、走るぞ！」

土人形の群れを飛び越えて、灯台目がけて全力疾走。不幸中の幸いというべきか灯台の扉は開いている。灯台に飛び込みすぐに扉を閉めた。

土人形たちが追いかけてきて扉にゴロゴロとぶつかる音がする。

私と先輩は同時に安堵《あんど》のため息を吐いた。

「い、一体何だったんでしょうか？」

〈ハイドシークの扉〉から落ちたと思ったら、今度はよく分からない土人形たちに追いかけられるなんて前途多難である。

「多分、〈ゴーレム〉だな。あんなの見たことないけど」

〈ゴーレム〉とはあらかじめ魔術師が命令式を施して、魔力で動く人形の総称である。形に決まりはないが、先輩の言う通りあんな形の〈ゴーレム〉は見たことがない。何せ実用性が感じられないのだ。

「そんなこと依頼書に書いてありました？」

「書いてない。まあ、観測器さえ修理出来ればいいさ。あいつらここには入って来られないみたいだしな」

「そうですね」

「大丈夫か？」

「すみません、体力なくて」

全速力で走ったのに先輩は息一つ切らしていない。私はすっかり疲弊してしまったというのに。木から落ちた時も感じたが、やはり〈討伐隊《ハイランダー》〉は体を鍛える訓練を積んでいるらしい。非力とは無縁で羨ましい限りだ。

「怪我《けが》したのか？」

「え、いえ！　大丈夫です」

突然目の前に顔が現れて、私は尻もちをついてしまった。

「お前、よくひっくり返るな」

先輩は手を差し出したが気まずそうに引っ込め、すぐに革手袋をはめた。非常時以外素手では人に触れたくないのかもしれない。

「とりあえず、中を見て回ろうぜ」

「は、はい」

先輩の機嫌を損ねないようにしなくてはならないこと。調子に乗らないこと。私は心の中で反芻《はんすう》して先輩の後ろについていった。ここまで来て嫌われるわけにはいかない。

――今更ながら緊張してきた。

灯台の中は階層が分かれているらしい。入り口が一階だとしたらまだ二階、三階と上の階があるようだ。外は白く塗装されているが中は赤茶色の煉瓦《れんが》造りだ。

内階段を上り、二階に辿り着くとその中央に目的のものが見つかった。

灯台の壁には小窓がいくつもあり、日差しが差し込み、スポットライトのようにそれを照らしている。

巨大な地球儀に大きなスコープ。輪が幾重にも重なって、中心は複雑に輪が絡み合っていた。ところどころ錆《さ》びついていて、かなりの年代物のようで、私は思わず感嘆の声を漏らした。

「これが観測器、ですか」

「随分古いな。図面と合うか不安だが――」

「まずは構造把握から、ですね」

解体、整備、術式の再構築。そして起動の確認。

授業で一通りの魔道具の修理は身に付けているものの、時間がかかるのは明白だ。

更に厄介なのはこの観測器が年代物でその仕組みは簡易な図面でしかわからないということ。

技工学が得意、というよりほぼ全ての教科をそつなくこなす先輩には難しくないことだろう。

「明るいうちにまずは灯台を見て回るか」

コートを脱ぎ、動きやすい恰好《かっこう》になったところで、突然、先輩が私の姿を見て笑い出した。

「お前、フードの中すごいことになってるぞ」

「え、わ!」

さっきの綿毛がフードの中にたくさん入っていた。私は慌ててひっくり返したが、舞った綿毛が先輩のコートにへばりついてしまった。

「わっ、すみません！」

綿毛はほんの少しの風圧でも舞って、吸い寄せられるように私と先輩のコートへくっついてしまう。繁殖するための綿毛の性質とはいえ、厄介だ。

ふと、私は疑問に思うことがあった。

「あの、ユエル先輩」

「何だ？」

「この綿毛、おかしくないですか？」

「――――何が？」

私の指摘に先輩は眉をひそめた。

「今は秋です。この植物、この季節には綿毛をつけないはずなんです。いくら南西が暖かい気候でも、季節外れというか。この植物はあまり海の近くでは根付かないと思うんです。もっと高い山の、湿ったところで増えるはずなんですが」

「ちょっと、待ってろ」

と、先輩は〈革袋〉に手を突っ込む。取り出されたそれを見た私は、ぎょっとした。

「植物図鑑なんて持ってきていたんですか？」

魔術師が読む図鑑の中でも一、二を争う分厚さと重さのある植物図鑑を持ち歩くなんて考えられない。

「何でそんな重い物……」

「他にも『魔獣大全』、『アトラスの歴史』それから――」

十冊以上の本をぽん、ぽんと取り出した。どれも観測器の修理には関連がなさそうだ。

成程。先輩がこの〈革袋〉をどうしても欲しがったのが腑《ふ》に落ちた。この〈革袋〉には大きさも質量も関係なく必要なものを必要なだけ詰められる。

「何で持ってきてるんですか」

「暇つぶしになるかと思って」

「そ、そうですか」

先輩は読書が好きなタイプには見えない。だが植物図鑑からものの数秒でページを特定した。

「あ、あった。これはワタスゲの一種だな。この種類は水に吸い寄せられるらしい」

「水、ですか」

「あんたが〈雨の魔術師〉だから、綿毛も吸い寄せられたんじゃないか？」

「そう、なんですかね」

とはいえ私には魔力が残されていないのだが。

雨を降らすことができれば、あっという間に綿毛を流せるのだけれど。

「しかし鬱陶しいな」

先輩は〈革袋〉の中から火打ち石が入った小瓶を取り出した。

「も、燃やさないで下さい！」

「そんなことするわけないだろ。たかが綿毛に」

使いたかったのは小瓶の方だったらしい。小瓶の底には水が入っており、綿毛たちは自ら飛び込んでいくように小瓶に吸い込まれた。水を含んだ綿毛はしおしおと冠毛《かんもう》を畳んでいく。

「これでよし」

「お掃除の魔術ですか？」

「ああ」

羽毛を小さなニワトリに変えたように、先輩は器用な魔術を使う。器用というより幅広い。

思わず感心して、まじまじと先輩を見てしまった。

「何だよ、しょぼい魔術でがっかりしたか？」

「す、すみません。すごいと思って」

「別に、こんなの基礎中の基礎だろ。そんな派手でもないし」

家事の魔術は簡単なようで難しい。昔私が使おうとした時は強すぎて部屋を水浸しにしてしまった。

「私は上手《うま》く使えませんでしたけど」

「お、俺はルイコさんが片付け下手だから覚えざるを得なかったんだ！」

先輩は「さっさと調べるぞ」と語気を荒らげてずかずかと大股で観測器の裏側へ向かった。

――怒らせてしまった？

それとも照れている、のだろうか。何とも判断が難しい。

灯台の中は風通しがいいのか、埃《ほこり》があまり溜《た》まっていなかった。

最上階は五階、そして空洞が地下室まで続いている。

観測器は星を観測するその特性から灯台の上まで望遠鏡が続いており、反射板を利用して像を屈折させて二階の観測器に情報を届けているようだった。そしてその情報を自動で投影、記録している。複雑で様々な技巧を凝らしている構造に、一体どうやって思いついて組み立てたのか全くの謎である。やはり昔の素晴らしい魔術師たちが考え作ったに違いない。

先輩も時折、驚きの声を漏らしつつ、観測器を眺めた。

「天文時計に少し似ている気がします」

「月と季節に合わせて動かすところは、確かに似ているな」

観測器の側面には正確に時間を計測するための円盤が備え付けられている。

円盤には時計のように十二の数字が刻まれ、太陽と月、短針と長針が昼夜と時間を示している。

「刻印の位置がズレていますね。いつから動いてなかったんでしょうか」

「ちょっと待て。月の刻印はどっちだ？」

月の横には連れ添うように獣の印がある。先輩の「どっち」はそれに何が刻まれているのか、ということだ。

月に住んでいる生き物の伝承として古くから二つの派閥に分かれていた。

〈二匹の白狼《はくろう》〉派と〈九つの猫〉派である。

長きにわたり魔術師の間で続けられる論争の一つである。

南方はオオカミ派、北方は猫派が多い傾向にあるが、その境目は定かではなく南方にも猫派は点在している。月の存在は魔術的にも重きを置かれ、その派閥の分布図の研究をする魔術師も存在する程、放ってはおけないことなのである。

この派閥の衝突により、夫婦仲が破綻したというのは比喩でもなく事実に近い噂《うわさ》だった。

つまりは魔術師の人間関係を形成する上でこのどちらかというのは大変重要なことなのである。

私は刻印の生き物を嬉々《きき》として答えた。

「猫ですね」

「オオカミだろ？」

「え、先輩。まさか――」

「いやいや、オオカミだろ？　主流はどう考えても」

先輩は慌てて円盤の縁に刻まれた月の刻印を確認して、深いため息を吐いた。私は思わずにやりと笑ってしまった。

「あんた、猫派だな」

「当然です」

先輩とはいえこれは譲れない。しかし先輩はぐったりと崩れ落ちて仰向けになった。

「はあ。一気にやる気が失《う》せた。俺はこの観測器と相容《あいい》れない」

「こ、困ります！」

嘘《うそ》でもオオカミ派と言えば良かっただろうか。

「冗談だ」

先輩は気を取り直して体を起こし、少し伸びた髪を結った。

「道具は使えるか？」

「基本的なことは一通り」

魔術における実験道具を扱うのは、授業の技工学の基礎中の基礎。入学する前から魔術師を目指しているのなら、玩具同然に扱う者がほとんどだ。

「じゃあ、まずは琥珀《こはく》液を溶かしてくれ」

「分かりました」

琥珀液は安息香《ベンゾイン》とギンセンソウ、その土地の土の一欠片《かけら》を原料とし、燻《いぶ》し、蒸留して作る油である。錆《さ》びついているところに塗る塗料として用いられる。潤滑油としても使われるポピュラーな液体である。

私の仕事は錆びている個所《かしょ》に琥珀液を塗り、魔術の下準備をすることだった。

一方で先輩は観測器全体の構造の把握とチェックに取り掛かった。羽根ペンに射影の魔術をかけ、羊皮紙に図面を写していく。

私は出来得る限り、慎重に丁寧に琥珀液を塗った。実損が出たら依頼の報酬は減額される。つまりは試験の減点対象になるということだ。慎重に越したことはない。

今回の課題、先輩は三つ全て遺物や設備修復の依頼を選択するつもりらしい。

通常、修復の依頼は事前準備さえ整っていれば難易度は決して高くない。ただ、時間がかかるというデメリットがあり、試験には二か月という期限があるため、長期間の依頼は受けられない。短期間でかつ評価も得られる依頼を見つけた先輩に感謝しなくては。

近年では〈討伐隊〉の影響なのか、破壊や攻撃を得意とする魔術師が年々増加の傾向にあるという。恐らく先輩もその腕を買われて〈討伐隊〉に選出されたに違いない。

魔術対戦学の成績でも分かるとおり、本来の先輩の得意分野は討伐関連の依頼だったはずだ。

この世界にも少なからず人々の生活を脅かす魔獣は存在する。仮に魔獣などの討伐依頼を選んだ場合、評価は高くなるだろうが、その分危険も伴う。魔術が使えない私を連れて依頼をこなすことはむずかしいと判断したのだろう。

戦闘が得意な魔術師と組んでいれば、楽にパス出来たはずだ。申し訳ないという気持ちと焦燥が私の中で渦巻いた。

――――何としても成功させなくては。

準備が整い、術式を上書きしたところで起動するか試したが、観測器はうんともすんとも言わない。

「動きませんね。どうしますか、ユエル先輩？」

「完全に魔力切れだな。明日は魔力炉を確認する」

魔力炉は地下に続いており、そちらの調整はまだ試していない。

「今日のうちにやった方が……」

「もう日が暮れる。手元が狂う前に切り上げよう」

「あ、もうそんな時間でしたか」

外の闇は深くなりつつあり、外気は冷たくなっていた。

「今日は色々ありすぎた。早く飯を食べて休もう」

先輩は淡々と片付けに取り掛かり、ランプに灯《とも》を灯《ひ》した。

近くに町もない以上、食事に行くこともできない。私はすっかり食事について失念していた。一日何も食べないで眠るわけにもいかないし、外にはあの〈ゴーレム〉たちがいる。外へ不用心に出るわけにはいかないのだ。

「あの、先輩」

ぐう。

「………………」

タイミング悪くお腹の虫が空腹を訴えている。

顔に熱が集まり、私はすごすごと後ずさりしてしまった。

「はいはい。今すぐ用意しますよ」

「そ、そんなつもりでは………」

茶化していると分かっていてもやはり恥ずかしい。

先輩は〈革袋〉から次々に食材と木製の食器、ミニフライパン、簡易コンロを取り出した。簡易コンロは火の魔術を使えるなら着火は容易で、旅をする魔術師には必需品だ。

「簡単なものでいいだろ？」

「え、あ、はい。て、手伝います！」

「じゃあ、バケットにバター塗っといて」

先輩は熱したフライパンでベーコンをジュウジュウと焼き始め、その横で卵を溶いて、チーズを混ぜた。スクランブルエッグを付け合わせに作るらしい。

——手際がいいなあ。

「このバター、バジルが練り込んであるんですか？」

「ああ。ベーコンとツナと、あとマッシュポテトを挟んで食べるんだ」

カリカリに焼いたベーコンに、ポテト。そしてチーズ入りのスクランブルエッグ。

——これ絶対おいしいやつだ！

「そんな顔しなくても、ちゃんと用意するから」

「え？」

そんなに物欲しそうな顔をしていただろうか。私は思わず頬に手を当てた。確かにこみあげる食欲で顔のしまりがなくなっていたようだ。

皿に盛りつけ終わり、簡単な片付けをしたところで、先輩をちらりと見ると、どうぞと目配せしてくれた。

「いただきます！」

「召し上がれ」

私はたまらず口いっぱいに頬張った。ボリュームはあるはずなのに、一口二口と進んでいく。

「いい食べっぷりだ。作り甲斐《がい》が――」

「ポテトとベーコンがおいしいです！」

想像以上にポテトとベーコンの塩味がいい。

「あ、ああ」

「すみません、思わず……」

先輩は私の勢いに気圧《けお》されて、目を丸くした。

「飲み物は紅茶でいいか？」

「す、すみません！」

先輩はまだ一口も食べていないのに、私は食べることに夢中になってしまっていた。礼儀作法がなっていないと思われたかもしれない。

旅先での食事は、宿かもしくは携帯食が主流だ。ここまで手の込んだ料理を作ることは珍しい。以前食べたたまごサンドといい、どこで料理を習ったのだろう。〈討伐隊〉で習うところは想像できないが、ルイフの教育の賜物《たまもの》だろうか。

先輩が食べきるよりも早く食べ終わってしまった。それに気が付いた先輩はまたも目を丸くした。

「悪い、夕食はこれしか用意してない。足りなかったか？」

しかも食い意地が張っていると思われてしまった。

「ち、違います！　美味《おい》しくて、つい」

「気に入ったならまた作る」

「ほんとですか？」

「ああ」

先輩は笑みをこぼして約束してくれた。

それから食事で回復した私は、夜更け近くになるまで琥珀液を作っては塗り、先輩は床一面に足の踏み場もないほど増えた図面を見比べていた。

「あの観測器。創世記に造られたみたいだな」

「どうして、分かるんですか？」

図面を見ても簡単に年代が分かるものではない。

「それが俺の魔術だから。俺の魔術は触れれば大体のことは分かる。解析して、それを理解できる」

素手で観測器に触れ、伝わる情報を読み解き、理解する力。

「超感覚的知覚《サイコメトリー》、ですか？」

「みたいなものだな」

「ティースプーンが鍵だって分かったり、傘を操って風の魔術で滑空出来たりするのも、その力のおかげってことですか？」

「まあ、そうだな」

私は、先輩の手を見て悟った。自分とは違う肌の色で逞《たくま》しい。

潔癖でもないのに、どうして手袋を四六時中身に着けているのか。

「だから、普段から手袋着けているんですね。きっと要らない情報まで読み取ってしまうから。でも便利そうでいいですね」

「いや、それは………」

先輩の金色の目が少し揺らいだ。

――しまった。

自分の血の気がさっと引いていくのが分かった。

「す、すみません！　答えにくいことを訊《き》いてしまいました！」

パートナーとはいえ魔術のことを尋ねるなんて。秘匿とする魔術を尋ねるのは暗黙のルールで禁じられていると、先輩は私を気遣ってくれたのに。

「別に答えにくいわけじゃないけど。嫌だろ、触っただけで知られるのって」

先輩は素手では触らないように気遣っていたのだ。

「………」

私はそこまで気付けず思わず黙ってしまった。「便利」だなんてきっと嫌みだと思われた。

「手袋さえはめてれば平気だから」

先輩はそう言って図面を片付け始めた。

――機嫌を損ねてしまった。

私は冷や汗が止まらず、思わず手が止まってしまった。

「…………」

「いや、怒ってないから」

「そう、ですか」

でも、目を合わせられない。

私たちはそれぞれハンモックを組み立て眠る準備に入った。横に並んで寝るわけにはいかないと、互いの姿が見えないように観測器を挟んで眠ることにした。

私は横になる前に先生から貰《もら》った雨傘を開いて確認した。〈扉〉から落ちた時にだいぶ無理をさせてしまった。少し歪《ゆが》んでしまってはいるが、良かった、骨は折れていない。

「悪かったな、大事な傘だったんだろ？」

「え、先輩のせいじゃないですよ！　それに壊れてませんから」

〈扉〉から落ちたのは不可抗力だ。

慌てて飛び上がったせいで私はハンモックからバランスを崩して頭から落ちた。

「お、おい。大丈夫か？」

「だ、大丈夫です」

「かなりいい音だったけど」

「お、お気になさらず」

本当は悶《もだ》える程に痛い。

やれやれと先輩は立ち上がり、魔術で氷の欠片《かけら》を三つ作って布で包んで渡してくれた。

「ほら。これで冷やせ」

「す、すみません」

先輩は戻って持ち出した本に視線を戻し、黙々と読書を続けた。

ありがたく頂いた氷を頭に載せて横になった。羞恥のせいか顔まで熱い。

ランプの光がゆらゆらと天井に淡く映って、段々と眠くなってくる。

時折聞こえる、古い本のページがめくれる音と、さざ波の音。それと一緒にカラコロと鳴る転がる音。きっとあの〈ゴーレム〉たちが動いているのだ。

「あの〈ゴーレム〉たち………」

「何だ？」

しまった。心の中で呟《つぶや》いていたつもりだったのだが、声が漏れていたようだ。

「えっと。いつからいるのかなと思って」

「さあな。少なくともあの形状は最近のものじゃない。気になるのか？」

「いえ、その。もし先輩の言う通り観測器が大昔からあるなら、あの子たちはずっと、ここで命令を守っていたのかなと」

そうなのだとしたら、彼らは幸せなのだろうか。もういない魔術師の命令を守り続け、そして忘れられようとしている。〈ゴーレム〉はあくまで魔術師の道具だ。感情移入すること自体がおかしいのかもしれないが、私は割り切れなかった。

「ユエル先輩」

「何だ？」

「壊さないでくださいね。かわいそうなので」

「お前、俺が乱暴者だと思ってるのか？」

「そうじゃないですけど。元〈討伐隊〉ですから」

先輩は盛大にため息を吐き、本をぱたんと閉じた。

「どんな噂《うわさ》聞いているか知らないけどな。どうせ魔獣を討伐して回ってるとかなんだろ？〈討伐隊〉にも色んな役割があってな――て、おい、寝るなよ」

「…………起きて、ます」

と言ったものの。

まずい、眠くなってきた。

すっかり氷は解けてしまって、毛布に丸くまり温かくなると瞼《まぶた》が重くなる。

「とにかく、俺はあの形の〈ゴーレム〉を壊す気になれない」

良かった。

「ユエル先輩が、怖い人じゃなくて良かったです」

「え、何、言ってんだ？　寝ぼけてるのか？」

――今、少し照れた？

動揺した声色に私はそんなことを思った。

「そろそろ寝るか」

先輩はそう言ってランプの灯《ひ》を落とした。

カラコロ。

カラコロ。

遠くから聞こえる転がる音に身をゆだね、私たちは眠りについた。

今日はたくさんのことがありすぎた。でも、久しぶりに心地いいのは何故《なぜ》だろう。


翌朝。

私は眩《まぶ》しすぎる光で目を覚ました。

「――っ」

朝日の眩しさではない。これは昼間の日差しだ。

「寝過ぎた！」

「おう、起きたか？」

先輩はすっかり身支度を整えて、先に朝食も済ませていた。

「ごめんなさい！」

「いい。朝食食べてろ」

一口サイズに焼かれたパンケーキ三枚とマグカップに入ったキャベツとキャロットのスープ、瓶にヨーグルトとジャム。学院にいた時よりも栄養バランスが整っている。

素直に喜んでしまうことに罪悪感を覚えてる。

――――気まずい。

ほとんど役に立っていない上に寝過ごすなんてどうかしているし、食事まで用意して貰った。用意して貰った食事を食べている横で先輩は働いているというのに、私ときたら。

――――美味しい。申し訳ない。自己嫌悪だ。

今日は図面を起こして観測器の術式の接続を確認する作業をしなくてはならない。

「朝起きられなかったくらいで怒らないって」

先輩はそう言ってくれているが、今は昼前だ。先輩の起床時間を考えれば、数時間は何もしていないことになる。その証拠に昨日は未完成に終わっていた図面起こしがほぼ完成に近づいていた。

「食べ終わったら、小窓にある〈ブルービネガー〉をスプレーボトルに入れてくれ」

「は、はい。先輩、あの……」

先輩はまた忙しそうに観測器の周りに合わせて図面を広げ作業へ戻ってしまった。

——どうしよう。

〈ブルービネガー〉は透明度の高い青い酢である。ビネガーと言っても調味料とは異なり、食用には適していない強い酸を持っている。塩害に強く、更には道具の魔力回復に適している。生成方法が独特で、あらかじめ用意した材料に、一晩星の光を浴びせて完成させる。

小窓にある瓶に溜《た》まった青く透明な液体を取った。

——この匂い、くらくらする。

ツンとした匂いが頭を突き刺し、私の視界は反転した。

え？　今、私、倒れた？　どこに？

よりにもよって図面の上に、〈ブルービネガー〉をひっくり返してしまった。

青い液体はじゅわじゅわと音を立てて、図面を溶かしていく。

「どうした？」

「せ、先輩。ごめんなさい、せっかく」

——役立たずどころか、台無しにしてしまった。

これ以上広がらないよう図面を腕で覆うように庇《かば》うと、先輩は私の肩を掴《つか》み強く引き剝がした。すごい剣幕で先輩の怒りが伝わってくる。

――どうしよう、どうしよう。

「馬鹿！　素手で触るな！　どこにかかった？」

「ず、図面に……」

「違う、体のどこだ？　腕以外は？」

飛び散った液体は撥《は》ねて左足にかかっていた。分厚いタイツだから問題はないはずだ。

「足か？　見せろ！」

「え？」

戸惑う私に構わず先輩はタイツを破いた。液体が染みた部分が赤く腫れていた。手もひりひりとして痛みが広がっていく。

「痛、い」

「ほらみろ。手も出せ」

「……」

「文句は受け付けないぞ」

私は恐る恐る両手を出し、先輩はお構いなしに治癒の魔術を施していく。革手袋を外して私の体の状態を確かめて安堵《あんど》のため息を吐いた。

「大丈夫だ、痕は残らないから」

――さっきまで怒っていたのに。どうして今、安心したような表情になるんだろう。

私のせいで一日の仕事が無駄になってしまったのに。

こんな小さな傷痕で許されるはずもない。

「ごめんなさい。せっかく作った図面が。面倒までかけてしまって」

「…………」

黙ってしまった先輩に、私は謝るしかないのだ。

「先輩、あの……」

「悪い」

「え？」

「こういう時、何て言うべきか、少し考えていた」

「えっと」

パートナー解消を言い渡されてもおかしくない失態。それを覚悟していた私にかけられたのは思いがけない言葉だった。

「後輩の失敗くらい、何てことない。それにたかが図面だ。観測器を調整するだけだったし、なくても困らない」

怒っていたんじゃない。心配してくれていたんだ。失態を咎《とが》めるよりも私の身を案じてくれた人に謝罪は相応《ふさわ》しくない。

「ありがとう、ございます」

「そうだな、俺は『すみません』より『ありがとう』の方がいい。——それから」

先輩は目を逸《そ》らし、気まずそうに私から距離を置いた。

「——俺も、すまん」

先輩は裂いた私のタイツをそっと指さした。

「え？　いや、これは仕方ないです」

替えはあるし、寧《むし》ろ広がる前に切り離してくれたのは正解だった。

「明日になって腫れが引いたら、足を海につけてみろ。魔力回復、まだ確かめてないんだろ？」

——先輩、まるで医療学の先生みたい。

ああ、でも。ひっくり返った〈ブルービネガー〉が悔やまれる。

「せっかく一晩光を浴びせたのに。先輩、本当に……ごめんなさい」

「いいって。たかが一晩だ。それに、これを試しても魔力炉をどうにかしなきゃ、動かないだろう。今日は術式と魔力炉を確認するから」

「——はい」

「俺も気が回らなかった。ビネガーの匂いが苦手な体質だったんだな。確かに水を操る魔術師には薬品の匂いが苦手な奴もいるって――――」

「いいえ！　私がちゃんと伝えなかったのが悪いんです！　ビネガーというか強い酸の匂いが苦手なだけで」

先輩は革手袋をはめ直し、私の頭をぽこぽこと叩《たた》いた。

「は、や、く、い、え！」

「痛いです」

「痛くしたんだ！　次何か言い忘れたら、頬をつねるからな」

「は、はい」

それから、私たちは地下室にある魔力炉に向かった。

部屋の隅の小さな小窓から入る口差しだけが地下室に届く光で、あまりにも薄暗いので先輩は天井に灯《あか》りを点《つ》けた。先輩の言ったとおりこの観測器はかなり古い。魔力炉が古式ゆかしき大鍋だったのだ。非常に古く、私も先輩も頭を抱えた。

大きな鍋から溢《あふ》れる魔力が天井を伝って観測器の動力源になる仕組みだが、これは一旦鍋に魔力を溜《た》めなければ稼働しないということだ。

試しに魔力を注《つ》ぎ込んでみるものの、うんともすんとも言わない。何せ鍋の十分の一程度しか溜まっていないのだ。

「尽きることなく魔力を溜める方法なんてあるのか？」

「そ、そんなの私が知りたいです」

「悪い、そうだよな」

全力疾走をしたかの如《ごと》く、先輩でさえ息を切らしている。

「観測器は一応、直せそうだから課題としては及第点、だと思う。けど、動かしてみないと本当に直ってるか不安だしな」

その日は一日、魔力炉と向き合い、ああでもないこうでもないと話し合い、時間が過ぎていった。


翌朝。

私は反省を生かして、ストームグラスに朝靄《あさもや》を感知するようにセットした。朝日が昇ってしばらくすれば少しだけ震えるのだ。

きちんと起きられたことに安堵し、私は身支度を整えた。

先輩はまだぐっすりと眠っているようだ。今日は私の方が早く起きることが出来たものの、起きる時間にはまだ早い。先輩は昨夜も遅くまで魔力炉について調べて、自分の魔力も使っていたのだから疲労が溜まっていたに違いない。

足音を立てないように寝ている先輩に近づいた。

背が高い先輩の顔を間近に見ることはあまりなかった気がする。

長身の先輩にとってハンモックは小さいようで足がはみ出ていて、思わずくすりと笑ってしまった。

ふわふわの白い髪。どんな触り心地か触ってみたいが、起こしてしまうかもしれない。

――まつ毛まで白いんだ。

南方の出身に多いという日に焼けた肌。私の青白い肌とは反対で健康的で羨ましい。

革手袋は寝ている時まで外していない。少し窮屈そうだ。


私はタイツもブーツもはかずに灯台の外へと向かった。どうやら〈ゴーレム〉たちは灯台の周りにはいないらしい。

朝の海は穏やかで、白い砂浜は歩いていてとても心地いい。初めての感触だ。

遠く水平線はコーラルピンクに染まり、白波と混ざって溶け込んでいる。空がまるで海の一部のようだった。海鳥が風に乗り自由に空を飛んでいる。

手も足も痛みはなくなり僅かに赤いだけ。後は自然に治るだろう。

――本当に、何でも出来る人なんだな。

〈討伐隊〉に籍を置いていたにもかかわらず、上級クラスしか学べない医療学も身に付けている。師匠から教わったことだけではなく、自発的に学んでいたのだろう。

「――っ」

浜辺の波打ち際で足に水と泡が絡まる感覚に、私は思わず飛び上がった。

慣れてくると不思議と楽しい。でも……。

――やっぱり何も感じない。

パワースポットであるこの海に浸《つ》かれば、魔力が戻る、なんて安直だっただろうか。

半分諦めていたことではあるけれど、そう簡単には魔力が戻るものではない。場所ではなく私自身の問題なのだろう。穴が空いたティーポットにいくらお茶を注いでもこぼれてしまうように。私には魔力を溜める力がないのだ。

ため息を吐いて灯台に戻ろうとした時、浜辺の端にいる何かが視界に入った。

「あれは?」

コロコロと転がる〈ゴーレム〉たち。灯台の前で追いかけ回された時よりも数は少ない。

一つ一つ数えると十二体だ。何やら大きな樽《たる》を倒しては引っ張っている。何をしたいのかすぐには分からなかったが、どうやら海水を運びたいらしい。

こちらには気づかない程に必死で、敵意を向ける余裕もないようだ。

大きくもなく器用に操れる程の長い手足でもないので、海水の汲《く》み上げには悪戦苦闘していた。

近づいたらまた攻撃されてしまうかも、と思いつつも私は暫《しばら》く目が離せなかった。

すると突然、大きな波が押し寄せた。〈ゴーレム〉たちはその波に気づいて戻ろうとするが、砂に埋もれて動けない一体の〈ゴーレム〉が流されてしまった。

「あ！」

――まだ、間に合う！

私は走って追いかけ、海に飛び込んだ。まだ歩いて届く距離だ。幸いにも〈ゴーレム〉はまだ水面でぷかぷかと浮いているし、大丈夫。

気が付いた〈ゴーレム〉がこちらに方向転換をしてくれた。しっかりと摑み、戻ろうとした時強い波に引っ張られた。

――急に、深く！

足が届かない。波に押されて沖へ沖へと流されてしまう。

顔に波がかかり、体が全て海水に呑《の》み込まれた、その時だった。

「シャル！」

――ユエル先輩？

思わぬ救出に安堵と後悔をしてしまう。また、迷惑をかけてしまった。

先輩は私を引っ張り、浮遊の魔術で力強く泳いだ。足が届いて歩ける深さになっても手を離さなかった。

浜辺に着き、ぐったりと倒れ込む私を、先輩はまたきっと不注意だと怒るだろうと思っていたが、何故《なぜ》かその表情は驚き、恐怖しているように青ざめていた。

私の手を離さずまだ強く握ったまま。

「お前、ふざけるなよ。魔術が使えないくらいで」

「え？」

「飛び降りの次は入水《じゅすい》か？」

――もしかして、死のうとしていると勘違いされた？

「ち、違います！〈ゴーレム〉が流されてしまって。それで、助けに行こうとして溺れた次第です」

「は？」

塔にいたのも飛び降りようとしたわけじゃないんだけれど。

腕に抱えていた助けた〈ゴーレム〉を見て事の顛末《てんまつ》を理解した先輩は目を丸くした。

そして〈ゴーレム〉は、心配そうに見守る仲間たちの元へとコロコロと転がっていった。

「すみませ――」

「ああ、もういい！　謝るな！」

先輩は、私の頬をつねった。濡《ぬ》れた革手袋越しでも痛い。

「痛いれす」

「痛くしてるんだ！」

このやり取り、昨日もあったような。

「ありがとうございまひた、助けへくへて」

先輩はまだ私の頬をつねったまま、まだまだ言い足りないことがあるとばかりに顔を引きつらせた。

「どういたしまして！」

――言葉と行動が一致していない。

海水でべたべた、砂でざらざらになった私たちは灯台に戻って早々、洗濯と体を洗うことになった。

先輩は樽いっぱいに入った冷水を魔術でお湯に変えてくれた。

「まずは頭だけでも洗うか。どうぞ、お先に」

「あ、ありがとうございます」

先輩は水瓶《みずがめ》にお湯を入れて、かけてくれる素振りをしたので、私は慌てて頭をかがめた。かがまなくてもいいくらい身長差があるというのに、と私は思い出し笑いをしてしまった。

「何だよ、急に笑い出して」

「いえ、その。私が昔、誤って泥の沼に落ちてしまった時に、先生が同じ魔術を使ってくれたのを思い出して。つい昔のくせでかがんでしまいました」

「へえ」

「先生は大雑把だったので、よく私を大きな風呂に落とすんです。それから文句を言いながら私の体も洗ってくれて」

「一緒に風呂に入っていたってことか？」

「それは、そうですね。先生は、一緒に寝てくれて子守歌も歌ってくれましたよ」

先生はいくつもの子守歌を知っていて、私のリクエストに応えてくれた。

「…………」

先輩の手が急に止まってしまった。甘えん坊だと呆《あき》れられたかもしれない。

「で、でもそれは十二歳までですから！　それからは一人で寝てます！」

「十二って。つい最近じゃないのか、それは」

「そう、でしょうか？　もう随分前のことのように思えますけれど」

「アドラーのこと、どう思ってるんだ？」

「それはもちろん、大好きです」

「そうじゃなくて、異性として」

「――――へ？　えっと、それはどういう意味、ですか？」

先輩は私の頭にお湯をかけて遮ってしまい、真意を問うことが出来なかった。

昼からは本格的に地下室に籠ることになった。

しかし一向に進展はしなかった。

二人の知り得る限りの魔力の貯蔵を試みたのだが、どうにも上手《うま》くいかない。

何度も先輩も触って魔力炉の状態を確かめているが、強く古い魔術でどうにもはっきり見えないらしい。

「前の魔術師はどうやったんだ?」

八つ当たりモードに入った先輩は床に仰向けになってぼやき始めた。

「魔道具に魔力を戻す方法、となると、トキツバメの羽根を蜜蠟《みつろう》と一緒に溶かして塗るとか」

「トキツバメは御伽話《おとぎばなし》のなかの生き物だ」

「その地に咲く七種類の花をリースにして朝露に濡らすとか――」

「ここには綿毛一種類しかない」

「オーク、ハシバミ、シラカバのチップでゆっくり燻《いぶ》してみるとか」

「それ、どう考えても五日はかかるやつだな。って、また随分と古いまじないを……」

「古い装置なので、古いものがいいのかと」

他にいい手はないものかと、地下室を出た頃には日が暮れていた。

「もしかしたら、観測器の方に穴が空いていて、魔力が漏れているんじゃないですか?」

「観測器ならもう調べたぞ」

観測器の底には台座があり大きな隙間がある。私はそこに潜り込み、仰向けになって底を調べた。

「ユエル先輩。ここ見てください！」

「どうした？」

小柄な私は屈《かが》めば入れるが、長身の先輩は匍匐《ほふく》前進しなくては入れない程の低さで、這《は》って仰向けになるのもやっとだ。

「鍵穴？」

まるでオルゴールを動かすような、小さな鍵穴がある。

しかし肝心の起動するための鍵など知らない。依頼書にはもちろん付いていないし、灯台の中でもそんなものは見かけていない。

「前に来た魔術師はどうしたんでしょう？」

「鍵をどこかに隠したのか？　いや、でも前の依頼は数年前で、数か月前まで稼働していたことを考えると前の魔術師は関係ないか」

私たちは観測器の底で仰向けのまま、鍵の在処《ありか》を考えた。

「もしかして〈扉〉の鍵と同じだったりしませんか？」

「ダメ元だけど」

先輩はポケットに入れていたティースプーンを近づけたが、形は変わらない。

「――――ダメだな。これは開けるための魔術しか組み込まれていないな」

流石《さすが》にそう都合よくは行かない。

「どうしましょう！」

あと一日しか時間は残されていないのだ。

「私、灯台の外を探して来ます！」

「待て待て、闇雲に探しても仕方ないだろ」

「わぶっ」

先輩は私の服の裾を摑《つか》んで引っ張ったので、床に顔をべたりとつけた。

「今朝のこともう忘れたのか？　勝手に動くな」

「うっ」

もっともなご意見である。

先輩は這い出て伸びをした。

「休憩にするか。海岸に行くぞ」

そんな悠長なことを言っていられないはずなのに。

「今朝、俺はゆっくり海を見られなかったからな。飛び込んだけど」

「ううっ」

私たちはランプを持って海を目指した。町の灯《あか》りもないため、辺りは真っ暗。

波の音だけが海の場所を教えてくれている。

「夜の海、怖いですね」

「気を付けろよ、死んだ船乗りの魂が引きずりこんでくるかも」

「やめてください。夜に死んだ人の話をすると、夢にクラーケンが出ますよ」

「そっちの方が怖いわ」

波の音が近くなり、先輩は足を止めた。

「俺は農園の出身だから、海は遠くて見たことしかなかったな」

「私も似たような感じです。湖ならありますけど」

先輩は何かに気が付き、ランプを消した。

今夜は月も出ていない、満天の星である。星明りが海に映っていて美しい。

「星見の岬って言われる理由が何となく分かった」

「そうですね」

此処《ここ》以上に星を観測するのにいい場所はないだろう。

「それで、魔力回復のための算段はついたか？」

「あ、忘れてました」

そのために今朝は海に行ったのだ。観測器の修理に夢中になってすっかり忘れていた。

「私の魔力は綺麗《きれい》な雨水が溜《た》まったものと相性がいいので、海はいいのかと思ったんですが、ダメでした」

「そうか。パワースポットっていうのは安直すぎたかもな」

「気にしないでください！　今は課題を何とかする方が大事ですし」

——とはいえ、次の課題でも魔術も使えないんじゃ、今回みたいに足を引っ張ることになりかねない。

「今朝も思ったけど。お前泳げないのか？」

私はぎくりとした。

「…………」

「ぷ、あはは！　何だ、そういうことかよ」

先輩は突然噴き出し大声で笑うものだから、私は一気に恥ずかしくなった。

「笑わないでください！　体を鍛えているユエル先輩にはなさそうでいいですね、そういう悩みが！　私だって誰かに教わればそれぐらい——」

魔術には剣術や水泳といった何かを体に覚え込ませるようなものはない、とされている。魔術をかければあっという間に泳げるように、なんてことは出来ないのだ。体を浮かせたり、水の中で呼吸をしたりは出来るかもしれないが、泳げることとは全く違う。

「じゃあ、今度教えて貰《もら》えばいいんじゃないか？」

「誰から、ですか？」

「俺から」

「先輩から？」

「俺泳げるから」

「い、いやです」

「即答するなよ」

先輩は楽しげに笑っている。

「しかし、どれが此処でしか見られない星なんだろうな。多すぎて分からん」

「た、確かに」

南西の方角であることは間違いないのだが……。

「もしかして簡単に見つからないから観測器があるのかもしれませんね」

私たちが揃《そろ》って首を傾《かし》げて夜空と海を眺めていると首から下げていたストームグラスが揺らいだ。

「先輩、もしかすると雨が降るかもしれないです」

「どれくらいか分かるか？」

「多分、あと一時間くらいです」

仕方がないと戻ろうとした時、岩礁の裏で何かが煌々《こうこう》と光っていることに気が付いた。

「何だ、あれ」

ランプを再び点《つ》けて確認するとそれは高く聳《そび》える白い石柱だった。そこに刻まれた文字が光って見えたのだ。〈扉〉から落ちた時、確かに灯台の周りにいくつか見えた。てっきりただのモニュメントだと思っていたのだが、この光は魔術が発動している証《あかし》。つまりは何か魔術的な意味があるということだ。

そしてその文字の羅列は観測器に施されたものと同じ術式だった。

「何で同じ術式がここに？」

もしこれがただのモニュメントではなく何か意味があるのだとしたら――――。

海。そして観測器と同じ術式。灯台の周りにいた〈ゴーレム〉たち。

「――――っ」

私と先輩は顔を見合わせた。

「そうか、そういうことか」

「この石柱、上からだと他にもう一か所見えた気がしたんですが」

「そっちには俺が行く」

「私は鍵を探します」

「当てはあるのか？」

首を傾げる先輩に私は大きく頷《うなず》いた。

「ランプ、持っていけ」

「は、はい！」

「危なくなる前に俺に必ず言えよ」

「…………」

先輩の念押しに私は思わずたじろいだ。

「返事」

「はい！」

雨が降るまであと一時間。雲が星を覆う前に早く見つけなくては。

私は砂浜を走り、「彼ら」がいる場所を目指した。

私たちが石柱を見て分かったこと。それはこの星見の岬と海、灯台、そして観測器は全て繋《つな》がっているということだ。

海からの魔力を使い、観測器は今まで稼働していたのだ。

魔力炉に溜《た》められる程の無尽蔵の魔力は近くにあり、あの石柱は灯台へ魔力を送る「繋ぎ」の役目を果たしていたということ。

そしてこの海がパワースポットになったのは、この特別な立地にあったのだ。この岬でしか見えない星の力が働き、海にそれを与えた。観測器は星と海を繋ぐ役割も果たしていたのだ。そしてその観測器を稼働させるための鍵を持っているのは、「彼ら」に間違いない。

砂浜の隅が「彼ら」の本当の住処《すみか》ではなかった。私たちが来たことで見えないところに避難していたのだろう。

「いませんか？　話があるんです！」

カラコロ。

カラコロ。

私の呼びかけに応じるように岩陰から丸々とした影が近づいてきた。

「見つけた」

私に気が付いた〈ゴーレム〉たちは初対面の時のようにぶつかっては来なかった。しかし警戒はしているようで、目をぱちくりさせている。

「あなたたちがここを守ってくれていたんだね」

今朝の〈ゴーレム〉たちの無茶な海水汲みは、観測器を何とかしようと考えてのことだったのだ。魔術師ではない彼らでは術式を発動させることができない。ただ観測器を守るためだけに存在しているのだから。

「観測器が少しでも動くように海水を運ぼうとしてまで。そうでしょう？」

言葉を発せない〈ゴーレム〉は互いに顔を見合わせた。そして私の言葉に同意するかのように体を縦に揺らした。

「この中に観測器の鍵を持ってる子はいる？」

〈ゴーレム〉たちは輪になって何かを相談し合った。

そして奥からコロコロと一番小さい〈ゴーレム〉が現れ、口からポロリと金属片を落とした。古く錆《さ》びているが、あの鍵穴のサイズに合う鍵で間違いない。

「ありがとう！」

すると足元に青白い光の線が走った。それは灯台へと続いていく。先輩がもう一つの石柱の術式の接続に成功したらしい。

あとは観測器を動かすための鍵を挿し込むだけだ。

光の線を見た〈ゴーレム〉たちはカラコロと急に慌て始めた。どうやら興奮しているようだ。

「一緒に来る？」

私の提案に〈ゴーレム〉たちはまた顔を見合わせ、こくりと頷いた。

私は光の線の横を走り、〈ゴーレム〉たちは一列になって、跳ねながら線の上を転がっていく。それがあまりにも面白くて、思わず笑いながら走った。

先輩は先に灯台に着いていたので、私は手に入れた鍵を見せながら手を振った。

「ユエル先輩、ありました！」

先輩は安堵《あんど》した次の瞬間、顔をしかめた。

「って、おい！　何連れてきてんだよ！」

「大丈夫です、今は敵意がないみたいなので。ね？」

〈ゴーレム〉たちは私の真似《まね》をして同じ仕草で体を傾けた。

「頼むから学院にまで連れて帰ろりとしないでくれよ」

「そ、そんなことしませんよ」

愛着が湧いてしまっているのは事実だが、流石《さすが》にお持ち帰りは出来ない。

私たちは先に地下室へと向かった。術式が繋がったおかげで魔力炉にはあっという間に魔力が溜まっていく。深いマリンブルーの光がとくとくと溜まり、星の欠片《かけら》のようなきらきらした光が浮かんでいる。

ようやく観測器を動かす準備が整ったところで、私は先輩とひと悶着《もんちゃく》起こしていた。肝心の鍵を挿し込む作業をどちらがやるか、である。

「せ、先輩やってくれませんか？」

「見つけたのはお前だ」

「でも私には魔力がないので、上手《うま》くいくかどうか」

「狭いところ入るのは、もう嫌だ」

「そ、そんな急に子どもみたいなこと…………」

――――何だか強引に押し付けられた気がするけれど。

私は観測器の下に潜り込み、鍵穴に指を触れた。ただ鍵を挿し込むだけなのに、走ったせいか、それとも緊張からか息が苦しい。

「早くしろよ。星が雲に隠れるぞ」

「せ、急《せ》かさないでください！」

視線を感じて横を見ると、〈ゴーレム〉たちが心配そうにこちらを見ていた。

意を決して、鍵を挿し込み右に傾けるとゴウン、ゴウン、とゆっくり動く音がした。起動が成功したのか、〈ゴーレム〉たちはパチパチと拍手をしている。

「動いた！　って、え、わ！」

私はすごい力で観測器の外に出された。どうやら先輩が足を摑《つか》んで引っ張り出したらしい。

「ど、どうも」

「見てみろ、すごいぞ」

危険からではなく、見せたいものがあるから先輩は慌てて引っ張ったらしい。

私はそのまま仰向けで天井を見上げた。

観測器は角度を変えて星を射影していく。そして今まで映してきた空が私たちを包み込んだ。壁や床もまるでそこにないかのように。

傍《そば》にいる者にこの岬の今までの空を映し出し見せることが、この観測器の役割だった。

静かに凪《な》いだ海の朝。

海に飛び込む海鳥たち。

水平線に沈む夕日。

そして満天の星。

目まぐるしく変わる光景に私はただ、圧倒された。

先輩が私の横に腰を下ろしたのが気配で分かった。ランプの灯《ひ》を落とした暗闇の中でも、
先輩の髪色と目の色は鮮明に見える。

――本当に、不思議な深い金の色。

じっと見ていたせいか目が合った気がした。

私たちは言葉を交わさず、観測器が映す夜空を眺めて、泥のように眠った。

その夜。

私は不思議な夢を見た。

これが夢なのか、それとも観測器が見せているのかその境界は曖昧で、頭の中がぼんやりとする。


星見の岬には昔、村があった。

村人たちは星空を見上げて笑い合う。

そして何人もの魔術師がここを訪れては星を眺め、〈ゴーレム〉たちに話しかけている。

時の流れと共に周りにあった村はなくなり、人もいなくなった。

それでも灯台はそこにあり続けた。

ここに生きた人、訪れた人。空と海。

その全てを観測するために存在していた。

そしてこれからも道に迷わないように照らし、誰かを待ち続ける。

とても寂しくそして懐かしい光景が夢だと分かっていても、もう少し見ていたいと身を委ねた。


どれくらいの時間が経《た》ったのだろうか。

「…………」

私は雨音で目を覚ました。灯台の外は雨が降っている。恐らくもう何時間も前から降り続けていたのだろう。

——すごいぐっすり寝ていた気がする。

「————っ」

体の右側が温かくて、ふと目をやると先輩が寝息を立てて眠っていた。

白くてふわふわ。

——ちょっとだけなら。

私は好奇心に負けて、先輩の前髪を指先に絡めた。細くて柔らかい髪だ。こういうのを

「猫っ毛」と言うのだっけ？　屋敷で暮らしていた時、積もった大雪に触れた感触と少し似ている気がした。

「シャル？」

「――――っ。お、おはようございます、ユエル先輩」

私は慌てて手を離した。ぼんやりとしたままユエルはのそのそと起き上がった。

「あ、いや。悪い、寝ぼけてた」

どうやら髪の毛を触ったことはバレていないらしい。

息を吸い込みようやく覚醒した先輩は飛び上がった。

「今何時だ！」

「えっと、多分お昼前です」

「そうか。帰りの汽車には間に合いそうだな」

〈扉〉が消えてしまったから帰りは汽車を乗り継いで都市に戻らなくてはならない。夕方までに一番近い駅に着けば依頼の期日までには魔術協会に報告できるだろう。

先輩は軽食を作ると言い、私はその間に身の回りの片付けをした。

ベーコンとオニオンのスープにパンをちぎって入れてそこにチーズを溶かし入れる。そして茹《ゆ》でたポテトにバターを添えてブラックペッパーをひとつまみ。冷えた体にこの温かいメニューは嬉《うれ》しい。同じ材料でこうもアレンジ出来るなんて、と感心している間にまたも先輩より早く食べ終わってしまった。先輩はくすりと笑った。

「そんなにこういう味が好きなら、今度はクリームパスタを作ろうか？　鮭《さけ》とキノコを入れたやつ」

何と、この季節にぴったりだ。

「美味《おい》しそうです！」

想像するだけで今から口の奥が蕩《とろ》けてしまう。

「飯のために課題をするわけじゃないからな」

「わ、分かってます！」

私は食い意地が張っているばかりだと思われて、思わずムッとしてしまった。

食事の片付けをしていると、夜ではないのに観測器はゆったりと動き始めた。床を伝い、壁に光が走っていく。

「先輩、これ見てください！」

壁一面に術式が浮かび上がり、形を変えていく。

「今までここに訪れた魔術師たちが残していたのか」

光は文字へと形を変え、数え切れない程の魔術師の名前となっていく。

その中には歴史に名を残す魔術師の名前もあり、先輩が感嘆の声を漏らす中、私は壁の隅に刻まれた名前から目が離せなかった。

――アドラー。

見間違えるはずがない。あれは先生の字だ。

「先生も、ここに来ていたなんて」

きっと私が弟子になるよりも前のことだろう。思わずその名前を指でなぞった。たとえこれが偶然でもやっぱり嬉しい。

「ユエル先輩、ここに先生が来ていたんです！　それで……………先輩？」

さっきまで子どものように先人たちの名前をなぞってははしゃいでいた先輩は、一か所を見つめて固まっていた。ショックを受けているというよりは呆《あき》れているような表情だ。

「直前に来た魔術師が誰か分かった」

「え？」

――ルイコ・ラプリツィエル。

天文学の教授が星見の岬と関わりがあっても不思議ではない。つまり、ルイコが色々とヒントを与えて導いてくれたということなのだ。

「ルイコさん、きっと私たちのことを心配してここを選んでくれたんですね」

「いいや、あの人はそんな優しい人じゃない」

「え？」

「弟子に尻拭いをさせるためにここに来させたんだよ。見ただろ？〈扉〉のことといい、こういう弟子を試すようなことをする性悪なんだよ、あの人は。〈ゴーレム〉たちに鍵を隠させたのも多分あの人だ、まったく――」

先輩は修行時代を思い出しては腹立たしいとルイコへの愚痴を延々とこぼした。

何だかんだと言っても、結局は互いに頼っている。私はその信頼関係が少し羨ましくて、胸の奥が少しだけ痛んだ。

――きっと、この数日は先生のことを忘れていて、先生の名前を久しぶりに見て思い出したら、恋しくなったんだ。

「俺たちも名前を残していくか」

名前と言えば――。

「あの……『シャル』って、私のことですか？」

「――嫌か？」

「えっと……」

何かすごい間があったような気がするし、先輩が目を合わせてくれない。多くの人は「シャロム」とそのまま略して呼ぶので馴染《なじ》みがなくて気になったのだ。しかし先輩は私が嫌がっていると思ったらしい。

「嫌なら別に……」

「い、嫌じゃないです！　先輩が呼びやすいなら。でもどうしてかなと思いまして」

「い、言いにくいんだよ、お前の名前！」

「あ、そういうことですか」

――初めて言われた。

先輩はあえてフルネームではなく「ユエル」とサインしたので、私は「シャル」と横並びに連名で残した。

きっとこの先、ここに訪れる魔術師たちも私たちの名前を見て驚くことだろう。


短くもあり長くもあった一つ目の依頼を達成し、私たちは灯台から去った。外はまだ雨が降っていたので、私の雨傘をさした。駅まで約一時間歩くことになるが、足元が悪くなる程の大雨ではないから問題ない。

私より背の高い先輩が代わりに傘をさし、二人で駅に向かう。少しだけ名残惜しくて振り返ると、遠くでぴょんぴょんと飛び跳ねる〈ゴーレム〉たちの姿が見えて、私は大きく手を振った。

灯台の周りに広がるワタスゲの群生は雨で綿毛が畳まれている。

「このワタスゲは、この岬に満ちた魔力のおかげで増えていったんですね」

「成程な」

結局、私の体には魔力は戻らなかったけれど、不思議と悲しくないのは何故《なぜ》だろう。

──『すみません』より『ありがとう』。

「ユエル先輩」

「何だ？」

「ありがとうございます。この場所を選んでくれて。私をパートナーに選んでくれて。ここに来られて良かった」

先輩はぱちくりと瞬きした。

「いずれにせよシャルがいなかったらこの依頼は達成できなかった」

「どういう、意味ですか？」

足を引っ張ることはあったが大した活躍は出来ていないはずだ。

「あの〈ゴーレム〉たちが警戒しなくなったのは、シャルが海で助けたからだ。それがなきゃ鍵は見つからないままだった。お互い様ってやつだ」

「…………」

「だからもう少し自信持ってもいいんじゃないのか？」

「ありがとう、ございます」

──顔が熱い。

傘に当たる雨音を聞きながら、私たちは残した名前と同じように横に並んでまた歩き出した。

第三話：残された精霊たち

一つ目の依頼達成を魔術協会に無事報告してから五日後の今日は、次の依頼を決める日。

星見《ほしみ》の岬から帰還してから丸一日は、疲労でベッドから体を起こすことも出来なかった。

しかし気持ちは晴れ晴れとしていた。〈雨の魔術師〉が晴れ晴れだなんて、と私はホットミルクを飲みながら思わず笑みをこぼした。

魔力を失ってからこんな気持ちで迎える朝は本当に久方ぶりだった。

しかし残念なことが一つだけあった。

「やっぱり、届いてない」

この連日、ポストを確認したけれど、リンゴジュースは届けられていなかった。試験が始まってから数日の間でリンゴジュースが届けられた形跡はなかった。

送り主はもしかすると私が〈昇級試験《トロノイエル》〉を受けることを知っているのかもしれない。

少し残念な気もするが、また届けられる日が来るのを待とう。試験が終わったら、届けてくれる人を見つけて御礼《おれい》をするのもいいかもしれない。

そして次の依頼を決めるまでの空いた時間で、私は授業を受けていた。

〈昇級試験〉の間、学生は特別授業に参加できる。低学年が高学年の授業を受けたり、多くの学生は試験の対策のための情報を授業で得たりする。

高学年限定の授業を選択することが得策だろうと、私は「魔術倫理学」を選択した。

「魔術倫理学」はその名の通り、魔術師のモラルを教えるための授業である。本来、退屈な科目だが、今は大変人気な授業であることで有名だった。

それは教授であるジェイス・サーチグレイスの人望あってのことだった。

腕を失った弟子に自分の右腕を授けたという、涙ぐましい師弟愛のエピソードが大変有名な魔術師でもある。今の雰囲気と異なり、若かりし頃は攻撃的な魔術師だったというギャップが、女子学生の心を鷲掴《わしづか》みにしているらしい。ファンクラブもあるのだとか――。

先生も尊敬できる魔術師の一人だと言っていたはずだ。

――だから気になって参加しているのだけれど。

人気の授業だという噂《うわさ》どおり百人近くの学生が教室に入った。大きな教室でなければ立ち見になっていたことだろう。

私は教室の中でも隅っこに場所を取り、授業を聴講することにした。

席はほぼ満席となり、授業開始の合図と共に教授は教鞭《きょうべん》をとり始めた。

「魔術師における禁忌は三つ。一つは人工的な生命の創造、二つ目は許可のない魔術師による集団形成。そして三つ目が火薬による銃火器、それに連なる兵器製造です。今日はその三つ目について取り上げます」

大きな教室でも声がしっかり届く、程の通る声に、学生たちは耳を傾ける。

「魔術協会においても火の魔術師の教えに制限があることは皆さんも知っているでしょう。この禁忌は創世記より始まったとされています。理由が分かる人はいますか？」

一番前の席に座る学生が挙手をした。どうやら教授のファンらしい。

「非魔術師が魔術師たちに火薬兵器の製造を強制したから、ですか？」

「そう、そのとおりです。はじまりの魔術師たちがこの〈アトラス〉を創った理由の一つでもあります。我々はその教えを守っていかねばなりません。それでは教本を開いて下さい。この作者は皆さんもご存じですね？」

「教授の本でしょう？」

上級生の指摘に、生徒たちからは笑いが起きた。

「その通りです。皆さん、お買い上げ誠にありがとうございます」

ユーモアも交えた授業のはじまりは和やかな雰囲気に包まれた。

「千年以上も前のこと。此処《ここ》とは異なる世界では〈戦争〉というものが幾度となく起こり、魔術師たちは非人道的な行いを強制されるようになりました。そのうちの一つが兵器の創造です。何百何千の命を奪うことが出来る兵器の創造を強制された時、賢明な十三人の魔術師たちは気付いたのです。我々は、人殺しの道具を作っていると――――」

その賢明な魔術師たちこそが〈はじまりの魔術師〉。彼らがいなければ今でもその片棒を担がされることになっていただろう。

「そして魔術師たちは新天地を求め、魔術師とそして魔術師を慕う人々を連れてこの〈アトラス〉を創造したのです。火の魔術を扱う学生諸君の履修がなぜ必須なのか、その理由は分かりましたね？　大事なのは知識ではなく、魔術師としての倫理観があることです。それを忘れないでください」

そこからは過去に起きた魔術事故や、法律を簡単におさらいし、教授が締めくくったところでちょうど、終業のチャイムが鳴った。

学生たちと挨拶を交わして、それから最後に教室を出ようとした教授を、私は慌てて呼び止めた。

「教授！」

「おや、どうしましたか？」

「すみません、あの、お話ししたいことが――――」

思い返せば、私は教授とまともに話したことがない。お互いのことは認識していても、どこかですれ違った時に会釈する程度だ。

しかし教授はにこやかに応じた。

「どうしました？　アドラーのお弟子さん」

「え？　どうして……。先生、いえ。アドラーのことをご存じだったのですね」

「それはもちろん。特別な師弟関係というのは羨ましいものです」

「い、いえ。それほどでも。でも教授もいい先生だったのでは？」

教授は寂しそうに笑った。

「いいえ。私はよくない師匠でした」

――もしや、弟子はもう亡くなっているのでは？

あまり踏み込んではならないと、私は口をつぐんでしまった。

「それで、私に何か御用でしたでしょうか？」

「いえ、その。私の先生が教授のことを話してくれたので、その――」

授業の合間の休憩時間では会話をするには、時間が足りない。

「申し訳ない、次の授業がありまして」

「す、すみません」

「いえいえ、ともあれ、くれぐれも試験の間は注意しておくことです。アドラーは敵も多い人でしたから、あなたも狙われるかもしれません。用心はしておくように――」

「――はい。あ、ありがとう、ございました」

教授の言葉は社交辞令ではなく、本気で心配している声色だった。

放課後。

次の行き先を決めるための話し合いのため、私は先輩に噴水広場で待つように言われ、教室から遠回りして向かった。

星見の岬の依頼が無事成功したおかげで、思いのほか時間的余裕が生まれた。

そして魔術協会から翌日渡された金貨三枚を各々一枚、もう一枚を次の依頼のための活動費用に回すことにした。

握られた一枚の金貨を眺めながらため息を吐いた。

——三枚とも先輩が貰《もら》ってくれた方が良かったような……。次の報酬で調整しよう。活躍に応じて分配するべきだし。

今年は冬の訪れが早い。夜になると吐いた息が白くなる。

先輩は寒いところが苦手だと言っていたのだけれど大丈夫だろうか。

私が次の課題の候補にあげようとしている場所は〈アトラス〉の中ではかなり早く冬が訪れる。もう数日もすれば氷柱《つらら》が森を覆うだろう。

もしかしたら課題として選ぶのは難しいかもしれない。

私の悩みの種はそれだけではなかった。

先輩が選んだパートナーは落ちこぼれの魔術師だという噂があっという間に学院内を駆

けめぐり、今朝もその視線に悩まされていた。一つ目の依頼を達成したことでそれが事実だと更に広まったのだろう。

――――先輩も、良くも悪くも日立つからなあ。

何をしたわけでもないのに体はぐったりとして、私は今日何度目かのため息を吐いた。

いつも以上に目立たないよう、端を通ることを意識して目的地を目指した。

噴水広場へ向かうにはサロンの前を通る必要がある。放課後のクラブ活動に使われるサロンには多くの学生が集まっているため、出来れば避けて通りたいところだ。

フードを目深に被《かぶ》って通りすがりの人に紛れれば、誰にもバレずに済むだろう。

案の定、サロンの前には授業を終えた女子学生たち五人が立ち話をしていた。

道を塞いでいるから、大きく迂回《うかい》して遠回りをするか、このまま彼女たちの間を割って走り抜けるしかない。

「いくら名家の生まれだからって、魔術が使えないなら試験を受ける資格なんてないわよ」

廊下に響くようなおしゃべりに、私は思わず曲がり角に隠れた。

「そうそう。魔術師の血を引いているんだから、どこかの家に嫁がせるんでしょ」

「エヴァンズ先生の話だと、実家から呼び戻されるらしいわ」

彼女たちの中心にいる人物を私は知っていた。ツンとした態度に深紅の長い髪、エメラルドグリーンの目。背が高くてとても大人っぽい、一際目立つ容姿。壁に寄りかかり、不機嫌そうな腕を組んでいる。皆がご令嬢と呼ぶに相応《ふさわ》しい人物だ。

「そうなの？　じゃあ、学院に置いていたのも、結婚相手を見つけるためで、跡継ぎを産ませる利用価値があるからなのかしら？」

「アドラーの弟子だからって贔屓《ひいき》にされていたから。いい気味だわ」

ご令嬢は冷たく、馬鹿にしたように言い放ち、取り巻く女子学生たちは笑い出した。

――やっぱり私のことか。

ここでその噂の人物だと出ていく程の勇気も度胸もない私は、ただ立ち尽くすしかなかった。どうやら先輩とパートナーを組むことが、更に女子学生を不快にさせたらしい。

彼女たちの気持ちも分からなくもない。

少し遅れるけれど仕方ない、遠回りしよう。踵《きびす》を返したその時、廊下に響く笑い声がぴたりと止《や》んだ。

「教えてやろうか？　俺があいつを選んだ理由を」

「――――っ」

反対側の通路から現れたのは、噂の渦中にいる人物、ユエル先輩だった。

「ユエル、まさか本当に〈昇級試験〉のパートナーにあの落ちこぼれを誘ったのかしら？」

「そうだけど？　それがどう関係するのか俺には分からないな、グラナート家のエミリア嬢」

エミリア・グラナート。グラナート家は、アトラスティア家の分家にあたる。アトラスティア家は〈はじまりの血族〉の名家をまとめるトップであり、魔術都市〈アトラス〉の創設者であるアトラスティアの血族はその権威の象徴なのである。その彼女に盾つくことは今後の魔術師人生に大きく影響するだろう。

女子学生たちはエミリアの後ろにさっと隠れたが、エミリア本人は堂々とした振る舞いで先輩に向き合った。

「理由はたくさんあるわ。あの女が上級魔術師だったのはもう昔のこと。あなたに見合うような相手じゃない。この私の誘いを断ったのなら理由くらい聞かせてもらいたいものね」

――――断った？

後ろ盾を持たない魔術師が名家に逆らったら、人知れず退学させられることだって起こり得るだろう。そうよ、と取り巻きの女子学生たちは先輩を睨《にら》みつけた。

それでも先輩はひるまない。

「確かに俺は推薦状もあった。魔術の適正値として高かったのはあんただ。だけどパートナー選びは学生であれば自由。俺が誰を選ぼうが、関係はないだろう？」

エミリアはずい、と先輩に歩み寄った。

「何？　あの女が取引でも持ちかけた？　どんな条件だったのか聞かせて貰えるかしら？」

魔術対戦学でも二人はほぼ同格の力で戦っていた。仲は険悪とは思えなかったのだが、二人の会話の言葉の端はとげとげしい。

「あの女は実家にもアドラーにも見捨てられたのよ。あんな落ちこぼれ――」

「俺からすれば全員落ちこぼれだ。あんたは名家に生まれながら、魔術師の家系ではない俺に成績で負けたじゃないか」

「だから私はあなたを買って――」

「エミリア、あんたはシャルと話をしたのか？　魔術のことをどれだけ知っている？　どうせ家名とアドラーの弟子っていうことしか知らないんだろう。思い込みだけで決めつけるのは魔術師にとって致命的な間違いだ」

――先輩、怒ってる？

顔は笑っていないし、語気が荒い。

「不確実なものを信じるのは錯覚だ。魔術の基礎で習わなかったか？　こんなの〈討伐隊《ハイランダー》〉では常識だぜ。ああ、それともそんなことも忘れるくらい、ボケたのか？」

「――何ですって？」

陰口を言った相手に同情はしたくないが、流石《さすが》に暴言が過ぎる気がする。

「俺は触れたものの大概のことは分かる。けどあんたたちは違うようだ。勉強不足の奴と手を組んで足を引っ張られるのは御免だね」

エミリアは怒りで語尾が震えていく。

「グラナート家の魔術師に何て言いようかしら。お父様が聞いたら――」

「それが本心だろ？　エミリア嬢。自分が高貴だからと他人を支配下に置きたがる。そういう理屈を言うなら、あいつと組んだ理由を教える気にはなれない。それから、勘違いを正すと、パートナーになろうって誘ったのは、俺だから」

「――っ」

エミリアはかっとなって平手で打とうとしたが、先輩は片手で軽く止めた。

「…………」

先輩はただじっとエミリアを見下ろしている。

行くわよ、と取り巻きの女子学生たちを連れて、エミリアはかつかつとブーツのヒールを鳴らしてサロンの前から立ち去った。

彼女が引き下がってくれなければ、どちらかが先に魔術を放っていたかもしれない、と冷や汗が流れた。

私がほっと胸を撫《な》でおろした瞬間、先輩がつかつかとこちらに近づいてきた。

「で、お前は何で隠れてるわけ？」

「え？　いつから、気が付いていたんですか？」

「見えてる」

先輩はローブの裾を指さした。

事の顚末《てんまつ》を見ていた手前、気まずいのだが、先輩は気にもしていないらしい。手に持つ紙袋から一口サイズのアップルパイを取り出して、口に放り込んだ。ランチを摂《と》る暇がなかったらしい。購買で買ったお菓子で空腹を誤魔化しているのだろう。

「あの…………」

「何だ？　欲しいのか？」

と先輩はちょうど食べようとしていたアップルパイを一つ手渡した。

どうやら私が常にお腹《なか》を空かしていると思っているようだ。

「ありがとう、ございます。じゃなくて、あの人に喧嘩《けんか》を売って大丈夫なんですか？　グラナート家ですよ」

「別に。そういう契約をしたわけじゃないしな」

「でも」

「大丈夫だって」

「けど」

しつこかったのだろうか。「はああ」と先輩は深いため息を吐き、急に頭をがしがしと搔《か》きむしった。

「あいつらはな、教授の推薦どころか占いでパートナーを決めてるんだよ。それも恋占いだぜ？　俺はそういう曖昧で浮ついたのが大っ嫌いなんだよ」

「正直、あのまま決闘でもするのかと思ってひやひやしました」

もちろん、授業以外で魔術の決闘をすることは校則違反だ。〈昇級試験〉の前に問題を起こさないようにと、エミリアの方から引き下がってくれたことに感謝すべきなのだ。

「名家のご令嬢が揉《も》め事なんて起こすわけないだろ？　それに戦っても俺が勝つし」

先輩はにやりと笑みを浮かべるが、私は未《いま》だに冷や汗が止まらない。

恋占い、そしてあの執着にも似た態度は恐らく、エミリアはユエル先輩に気があるのだろう。もしかして自分は誰かの恋路を邪魔してしまったのでは、と血の気が引いた。

先輩が早歩きをし始めたため、私は慌てて小走りした。話題を変えなくては。

「き、今日はサーチグレイス教授の授業を受けたんです。面白くて」

「へえ。よくあんなおっかない教授の授業を受けられるな」

――おっかない？　穏やかで優しい、の間違いではないだろうか。

少し青ざめた顔をした先輩の表情は珍しい。

「あの人は元〈討伐隊〉だ。それもかなり強いことで有名で、〈討伐隊〉に居てあの人の名前を知らない魔術師はいないよ。ただ、何らかのトラブルで称号も返上したって聞いたけどな」

「腕を弟子にあげたって噂《うわさ》があったから、そのことかもしれないですね」

「へえ、そうなんだ」

「学院では結構有名ですよ」

元〈討伐隊〉なら先輩の方がそういう噂を耳にしていてもおかしくない気がするのだが、そちらの噂は引退後に教授になってからのエピソードなのかもしれない。

「俺なんか師匠からほぼ嫌がらせしか受けてないけどな」

「い、色んな師弟関係がありますよね。はは」

そんなことはない、と否定が出来ないため、私は乾いた笑いを零《こぼ》すしかなかった。

私が二つ目の行き先に選んだのはパックズの森。依頼書に記載された内容はとても簡潔なものだった。

〈パックズの森にて管理者の手伝いを行って頂きたく。冬支度、精霊の世話、観察。報酬は応相談と致します。森にお越しの際は、足跡を辿《たど》って下さい。
管理者　ハイドレジア〉

アトラスの北東部に位置する最も深く大きな森。そして多くの精霊や魔獣が住まう場所としても知られ、森の近くに住む人々はその森を神聖視して、魔術師以外は誰も近寄らないという。その名は〈はじまりの魔術師〉の一人である森の魔術師パックズ・フェローズの管理下であることに由来している。

広大な森の管理は代々パックズの弟子が務めている。現在の管理者は今回の依頼者であるハイドレジアだ。

「そのハイドレジアって魔術師には会ったことがあるのか？」

「かなり前ですけれど。実家で催された晩餐《ばんさん》会で一度だけ」

ユーフォルビア領とパックズの森は隣地であるため、いくらか交流があった。ハイドレジアはその関係で晩餐会に一度だけ顔を出したことがある。めったに人前には現れないその魔術師に、参加している誰もが目を奪われた。もちろん、私もその一人だった。

美しい女性だった。

人間とは思えないまるで精霊のような雰囲気を纏《まと》っていた。亜麻色のロングヘア、水色と紫が混じった目の色はとても美しかった。そして深い森のいい匂いがしていたのをよく覚えている。

「それで？　会って魔力回復の知恵でも貰《もら》うのか？」

「運が良ければ、ですが」

「厚手のローブの準備が必要だな」

「い、いいんですか？」

「別にいいぜ」

「でも、パックズの森は寒いですよ。ユーフォルビア領よりもずっと」

「いや、あんたの実家がどれだけ寒いか分からないけど、住むならまだしも、たかが数日だ。それくらい我慢するよ」

真夏なら避暑地の観光のため、北方への特急列車が出ているのだが、今は秋。閑散期である今、普通列車しかない。

「だからって飛行船もな」

「高い、ですよね」

飛行船は学生の懐から出せる程安価ではない。私たちは結局、安全かつ安価な普通列車を選択した。

＊

出発当日の早朝。

何故《なぜ》か私は橋の上を全力で走っていた。

目的地であるパックスの森を目指すためには普通列車をいくつも乗り換える必要があり、乗り換え駅での移動時間は限られている。

橋の下には目的の列車がすでに到着していた。このままでは列車に乗り遅れてしまう。

「これ逃したら二日後になるぞ！」

「せ、先輩が、寝坊したからじゃないですか！」

「寝坊はしてない。支度に時間がかかったんだ」

「どっちでもいいです！」

私の荷物も持って走ってはいるが、先輩は息も切らさず平然としていた。ようやくホームが見えてきたが、列車は汽笛を鳴らし出発している。

「もう、走れません！」

「仕方ないな」

先輩は〈革袋〉に手を入れて小瓶を取り出した。中には液体が入っている。歯でふたを引っこ抜き、列車目がけて投げつけ、液体が宙を舞った。

「ちょっと失礼」

足がもつれて転びそうになった私を先輩は突然抱えて、ホームへ飛び降りた。

「え、ちょっと、先輩？」

「舌噛《か》むなよ」

「きゃあぁ！」

と、思ったら宙に投げられ、放物線を描いて走る列車の最後尾に落ちた。が、痛くはない。

人を荷物のように投げておいて、先輩は優雅にすとんと手すりの上に降り立った。コートを翻し、流れてもいない額の汗を拭った。

「ふう、間に合った」

「人を投げないで下さい！　落ちたらどうするんですか」

「そんなヘマするわけないって」

先輩は腰が抜けた私の手を引っ張り立たせた。細くて長い透明な糸が液体に変わってしゅるん、と小瓶の中へと戻った。

「どうやったんですか、今の」

うーん、と先輩は首を傾《かし》げた。そして指を唇に当ててにやりと笑った。

「ナイショ」

勿体《もったい》ぶった挙句にはぐらかされた。

「ユエル先輩！」

「悪かったって。でも間に合っただろ？」

先輩は上機嫌に笑った。私を投げてからかって、それが愉快で仕方ないのだろう。

私たちは最後尾の列車の扉からその中へと入った。

やはり車両はどこも閑散としており空席が目立った。先輩は適当に座り、私はその向かいの席に座った。

それから先輩は〈革袋〉から箱を取りだした。何だかいい匂いがする。

「これを準備していたから遅れたんだ」

「準備なら前日に――――」

私は言いかけた文句を引っ込めた。

カラフルなマフィンがそこにはあった。スイートポテト、クランベリー、チョコ。プレーンが三つ。

「ちなみにこれは中にクルミが入ってる。これは紅茶」

プレーンのマフィンも三つの味は異なるという、ということは。

「全部味が違うってことですか？」

「そうだけど。言っておくが一人三つずつだからな」

「わ、分かってます」

全部食べようなんて、そんな意地汚いこと思っていない。けど、本当は全部味わいたい。

「それで？」

先輩はマフィンが入った箱を私が手の届かない位置にまで持ち上げた。

「それで、とは？」

「ご機嫌はこれで直してもらえるのか？」

「わ、分かりました。これでさっきのことは不問に付します」

「ちょっろいなあ」

「………」

文句を言いたいのだが、今はマフィンに目が行ってしまう。

「こんなに一つずつ色が違うなんて」

「まあ、そんな手間じゃないしな。混ぜる材料変えるだけだし」

「え？　手作りですか？」

「男がお菓子作りはおかしいか？」

「いえ、滅相もない！　だったら尚更《なおさら》、作るの大変だったんじゃないですか？」

全部同じ味でもいいくらいなのに。

「いや、苦手なもの知らなかったから」

「え？」

「何だよ、おかしなこと言ったか？」

「い、いえ」

――苦手なもの。つまり私の苦手なものがあってもいいように種類を増やして工夫してくれたということだ。

「まさか、この中に一つだけマスタードが入っているんじゃ」

「――おい、あげないぞ」

「ああ、ごめんなさい！」

私はクランベリー、チョコ、そしてクルミ入りのプレーンマフィンを選んだ。

お湯が入ったボトルに紅茶のティーバッグを入れて、マフィンと一緒に食べた。

「それにしても、お前よく飲むな」

「それは。えっと、水分、取らないとすぐ眠くなっちゃうからです」

「へえ」

魔術師は摂取した栄養や水分の量だけそのエネルギーをある程度魔力に変えることができる。私は魔力を失ってから妙に喉が渇いてしまうのだ。

三つ目のマフィンを頬張り、想像と違う味と食感に感嘆の声を漏らしてしまった。

「このクルミ入り、不思議な味がします」

「ああ、メープルシロップで漬けてある」

「こ、凝ってますね」

「それ、あの魔獣が割ったクルミだよ。大量に余ってるから」

魔獣。先輩がそう呼ぶのは、ルイコの使い魔のモモンガのことだ。やっぱりあの大量のクルミは捨てるにはもったいないと思っていたが、先輩が作る料理に活用されているらしい。

「私、この味好きです」

「そ、よかった。こっちも食べるか？」

先輩は選んだスイートポテトのマフィンを半分にして渡してくれた。

「あ、ありがとうございます」

長い普通列車の旅路も、この楽しみがあると悪くない。

マフィンを満喫した私は、その幸福感のせいでとあることを唐突に思い出した。

「ああ！」

「うお、どうした？　忘れ物か？」

「いえ、そうじゃなく。ユエル先輩、あの。これ、良かったら」

私は前回の報酬で買った小袋いっぱいの〈さくら石〉を先輩に渡した。〈さくら石〉は
ピンク色の小石で、魔力を込めれば体を温めることが出来るのだが、使い道は正直それし
かない。

比較的安価に手に入れることができる純度の高いさくら石は、冷めた風呂の水をちょう
どよく温めることができると最近、風呂愛好家の間で流行しているらしい。

寒がりな先輩にはいいかもしれないと、買っておいたのだ。

「ポケットに入れておくだけでもいいと思います。寒い冬の夜に先生がよく布にくるんでくれたんです」

「――――へえ」

一瞬、先輩の顔が曇ったような気がして、気に入らなかったのではと少し不安になった。

「嫌、でしたか？」

「まあ、ありがたく使わせてもらうよ」

先輩は暫《しばら》く〈さくら石〉を取り出しては眺めて楽しんでいた。


普通列車を乗り換え続けて二日半。

日暮れ時ということもあり、私たちは寒さに身震いした。駅前には小さな集落があり、慎《つつ》ましく人が住んでいる様子がうかがえた。

「やっぱり冷えるな」

列車を降りてすぐ、先輩は厚手のマフラーをグルグル巻きにした。

「駅、無人なんですね」

「そうみたいだな。都市の外だと人手不足なんだ。珍しくないだろ？」

「でも、全く人の気配がないですね」

「もう日が暮れるからじゃないか？」

そうだといいのだが、水車小屋の水も止まり、人の声がしないのは少し不気味だ。都市の外ではよくあることなのだろうか。先輩は慣れているようでまるで気にしていない。しかしこれでは森への道を自力で探さなくてはならないが、先輩はすいすいと歩いていく。

「こっちだな」

「ユエル先輩、道が分かるんですか？」

「足跡」

先輩は私と自分の足元を指さし、またも小瓶を取り出した。確かに私たちの前の道に人が通った足跡がある。この先に行けば間違いないのだろう。

今度の中身はオニキスの砂だ。魔力をあらかじめ込めておく、汎用性の高い砂である。一体見えづらい足跡をくっきりと映し出し、その行き先を風に乗せて教えてくれている。一体いくつの道具を持ってきているのだろう。

「いつもそんな小瓶を持ってるんですか？」

「ルイコさんから聞いただろ？　俺は魔術師の家系の生まれじゃない。それより、あっちから用事があるっていうのに出迎えなしか？」

「私たち、精霊に迷わされているのかもしれないですね」

「お前、どうしてそんなわくわくしてるわけ？」

「え？　そう、見えますか？」

本当は精霊に会えたらと期待してしまっている。

パックズの森と言えば未知の精霊が多く生まれる場所だ。少し不安もあるが、精霊にたくさん会えると期待せずにはいられない。

こういうのは森の道先案内人とか、番人とかで精霊が出てきてくれるものと相場は決まっている。しかし嬉《うれ》しい出会いは未《いま》だ訪れないので、私の期待は次第に萎《しぼ》んでいった。

「着いたんじゃないか？」

「わあ！」

車窓からはまるで見えなかった森の中は、まるで外界から切り離された世界のようだ。この世界が出来た当初から存在する森には、樹齢千年を超える大木、小さく白い花を咲かせるコケと天から降り注ぐ光が息を呑《の》む程美しい。それが果てしなく続いているのだ。

「おお！　壮観、壮観」

「すごい」

きっと木々の間を自由に飛べたら爽快だろう。

都市にも森はあるが、まるで違う。

到着して間もないが、また訪れたくなるような場所だ。

「この森で造られる〈エーテル〉が、精霊の元になるっていう噂《うわさ》も本当だと思うか？」

「多分、本当です。先生は、その〈エーテル〉を造っているのがパックズとその弟子だって言ってました。それがパックズの森が命の森と呼ばれる理由、だとか」

「どうやって〈エーテル〉を造るんだ？」

「それは、秘伝というやつかと」

精霊を魔術師の力で造ることができるのはパックズとその弟子のみ。その稀有《けう》な力を悪用しようとする魔術師は少なくないという。その昔、〈エーテル〉を目当てに侵入した魔術師を追っ払うためにハイドレジアに頼まれて先生が用心棒となった時期があったらしい。

そのせいでパックズの森に誰も寄り付かなくなったのでは、と私は推測したのだが、それはきっと言わないほうがいい。

「先輩は、〈エーテル〉を悪用しないですよね？」

「まあ、貰《もら》っても使い道ないし、呪われそうだしな」

良かった。どうやら先輩は〈エーテル〉に興味がないらしい。

すると先輩は盛大なくしゃみをして身震いした。

「うう、寒い」

「寒いなら私があげた〈さくら石〉使ってください」

「嫌だ」

寒いなら使えばいいのに、何を意地になっているのだろう。

「でも、確かに急に冷えたような」

「日が暮れたのか？　森が深すぎてよく分からないな」

私たちはいつの間にか霧に包まれていた。すぐに霧が濃くなり、戻るわけにもいかず、足をとめた。

「シャル」

「先輩」

私たちは同時に互いに声を掛けた。先輩は金色の目を細めた。

「嫌な気配がするな」

「確かに。何か息苦しいというか」

これは霧のせいではない。

「この臭い……………」

黒い油が焼けたような臭いだ。吸い込めば胸に黒い物がこびりつくような気がして、思わず口を押えた。

森は次第に淀《よど》んだ瘴気《しょうき》に満ちていく。

ふと、私はそこで気が付いた。

「精霊が、いないですね」

「確かに。千年間、精霊を造ったのならもっと居てもおかしくはないよな。これなら都市の方がよっぽどいるぞ。この瘴気のせいでどこかに隠れているのか?」

「隠れているだけならいいんですが」

嫌な予感がする。

霧はまるでミルクを混ぜたようにどんどん濃くなる。先輩は革手袋を外し〈革袋〉に手を伸ばした。

大木が遠くで倒れる音がする。得体の知れない何かが地響きを鳴らして近づいてくる。

そして喉の奥を刺すような悪臭が強くなった。

「何だ、この音」

「それに、酷《ひど》い臭いです」

――――何かがいる。

「――――っ」

視界に飛び込んできたのは霧に映った巨大な影。私も先輩も息を呑んだ。

「ゆ、ユエル先輩」

「動くなよ、シャル」

影はゆっくりとこちらに近づき、輪郭が次第に見えてくる。ぼたぼたと泥のように垂れた黒いよだれ。赤く光る双眸《そうぼう》。

影の正体は黒くて巨大な魔獣だ。

見たこともない魔獣に圧倒されて私は言葉を失ってしまった。

濁った遠吠《とおぼ》えと共に吐いた瘴気が辺り一面を覆い、美しい森が黒く淀んだ世界へと一変した。

「走れ、シャル！」

呆然《ぼうぜん》とする私に気が付いた先輩は、私の手を摑《つか》んで走った。

魔獣は木をなぎ倒しては口から吐いた瘴気をまき散らした。濃すぎる瘴気でぐずぐずと木々が腐り始めた。

どうして森に魔獣が？

考えている余裕などなく、私は一心不乱に走った。

すると高い木が倒れた衝撃で何かふわふわとした毛玉が飛んできた。橙色《だいだいいろ》のそれは果実や花のようにも見えたがそれのどちらでもない。

私は思わず振り返った。

違う。あれは、小さい猫だ。

落ちた衝撃で足を痛めてしまったらしい。もぞもぞと身動きが取れずにいる。

「――――っ」

魔獣はもうすぐそこまで迫っている。このままでは踏みつぶされてしまう。

「おい！」

先輩が引き留めるのも聞かずに私は猫の元へと戻って拾い上げた。腕の中でみゃうみゃうと弱々しく鳴いている。

「よかった」

「シャル、後ろだ！」

「え？」

目の前にまで迫っている魔獣が振り下ろした前脚が、私の目の前を掠《かす》めた。

白い何かが弾《はじ》けた光が視界に広がり、強い衝撃が私の体を襲ったその瞬間、視界が暗転して私は気絶した。

＊

私は気が付けば森の中に佇《たたず》んでいた。

カーペットのように広がる緑。

高い木々の間から差し込む光の間、私は深い森に敷かれた柔らかくしっとりとしたコケの上に裸足《はだし》で立っていた。

ここはパックズの森なのだろうか。遠くで誰かが楽しそうにはしゃいでいる声がする。

笑い声が聞こえる方へと私は歩いた。ツタのカーテンをかき分けた先に、くり貫いたように開けた広い場所へ出た。

そこは黄金色の葉が揺らめいては落ちていく、思わず見とれてしまう程美しい場所だ。落ち葉の中を戯れて遊ぶ二匹の精霊。冬の深い雪のような白いオオカミとふわふわの橙色の子猫だ。

――あの猫。

魔獣に追いかけられていた猫だ。けれど何だか一回り小さい気がする。

切株《きりかぶ》に腰を掛け、そんな二匹の様子を微笑《ほほえ》ましく眺める一人の女性がいた。長い亜麻色の髪、オリーブ色に染めた麻のワンピースを身に纏《まと》っている。私に気が付いた彼女は、優しく笑いかけて私を手招きした。

「白いオオカミがリオウ。橙色の猫がスオウよ」

「もしかして、ハイドレジア、ですか？」

雨の日に色を付ける花の色のような淡く美しい目。麗人と呼ぶに相応《ふさわ》しい佇まい。

「お久しぶりね。ユーフォルビアの子」

以前会った時から変わっていない美しい魔術師の姿に私は安堵《あんど》した。

「良かったです、無事に森にいて」

「…………」

しかしハイドレジアは困ったように笑った。

「あの魔獣は？　先輩、えっと……。私と一緒にいた男の人は？」

そう言えば先輩もあの魔獣の姿も見当たらない。私は随分と眠っていたのだろうか。

「ここにはいないわ」

「え？」

「今のこの景色は私の魂が残した残留思念。過去に私が見た景色を見せているだけ。時間も場所も関係ない」

「つまり、夢の中ってことですか？」

「ええ。この景色はもう一月前のこと」

魔術師が書物に自分の記憶を残して、他者に現実のように見せる投影の魔術がある。それと同じなのだろうか。

ハイドレジアは歩き始め、私は彼女について行った。それに気が付いたリオウとスオウは彼女の傍らへと駆け寄り、撫《な》でられる位置に頭を寄せた。どうやら彼らには私の姿が見えていないらしい。

「あの、どうしてわざわざ夢で会おうとするんですか？」

「それが私に出来た最後の魔術だったから」

「それは、どういう？」

「私はもうこの現世にはいないの」

「え？」

現世にいない？　ではあの依頼書が協会に届いた時にはもう亡くなっていた？

「私は殺されたの」

「殺された？　一体誰に！」

多くの精霊を生み、この森を守ってきた魔術師を誰が恨んで殺したというのだ。

「分からないわ。とても強い火の魔術を操る魔術師が突然この森に現れて、森を焼いた。そしてリオウは私に代わって戦って、強い呪いを受けてしまった」

「そんな、まさかあの魔獣が？」

「ええ」

今、リオウはじゃれつく子猫を窘《たしな》めるように、尾で遊んであげている。あの美しく白いオオカミがあの魔獣になってしまうなんて。

「私が戦える魔術師だったら、あの子をあんな姿に変えずに済んだのかもしれない」

「…………」

どうしたらいいだろう。この夢が覚めたらこの穏やかな空間はなくなってしまう。この景色を取り戻すことは出来るのだろうか。ハイドレジアはもうこの世にいなくて、リオウも魔獣になってしまった。残されたのはたった一匹の子猫の精霊だけなのだ。

ハイドレジアは取り乱したり、感情的になって怒ったりせず、ただ悲しそうに目を伏せるだけ。彼女は足を止め、湖に辿《たど》り着いた。

湖の中心にあった小島の上に、石造りの小さな城があった。

眩《まぶ》しい光が降り注ぐ水面と、涼しい風。美しい精霊たちとその主である魔術師。こんな穏やかな時間がかつてこの森の中にひっそりと存在していたと思うと、胸が苦しくなった。

「ここはリオウが好きだった場所」

「綺麗《きれい》、ですね」

「私はいつか、あなたがここに訪れるのを待っていた。私の依頼、受けてくれるかしら」

「私を？　この森に雨を降らせて欲しいということですか？」

でも今の私には〈雨の魔術師〉としての力はない。

「いいえ」

彼女は水辺で戯れる二匹の精霊へと目を向けた。

「リオウを殺して欲しいの」

「そんな、どうして！」

「リオウは魔獣となってしまった。この森を瘴気で蝕《むしば》み森に害を為《な》す存在に」

「助けてあげられないんですか？」

「…………」

ハイドレジアは首を横に振った。

「あれは私も知らない呪い。身体《からだ》が黒い油となって崩れていく。火と油、鉄が焼ける臭い」

「もしかして火薬を扱う、火の魔術師ですか？」

危険性が高いことから火薬の生成は禁じられているはずだ。

「分からない」

またハイドレジアは首を横に振った。これが夢の中だからなのか彼女の返答ははっきりしない。

「呪いをかけた魔術師を捜している間に、この森は戻らなくなってしまう。魔獣を封じる程の強い魔術をかけるか、私に代わって魔獣と契約する魔術師がいれば別だけれど」

会話すら難しい状態の魔獣を封じることは難しい。契約なら尚更《なおさら》だろう。

「でも、私にはそんなこと出来ません」

技術的にも心構えも、彼女の期待には応えられそうにない。

「でもたった一つだけ方法があるわ」

「本当ですか？」

「私の可愛《かわい》い子猫、スオウならリオウを止められる力を持っている」

スオウと名付けられた猫は蝶《ちょう》を追いかけて、足がもつれてひっくり返っている。

彼女が本当に望むのは、彼らとの穏やかな時間のはずだ。でもその本音を話してくれることはないのだろう。

「ごめんなさい。そんな顔をさせたかったわけじゃないの」

「すみません」

「私からあなたにあげられる報酬はないけれど、あなたの知りたいことを教えてあげる」

「知りたいこと？」

私はまだ何も自分のことを話していないのに、彼女にはそれが分かるというのだろうか。

「あなただけが夢の中で会話出来たから」

「どうして、私が？」

「今のあなたは死の淵《ふち》にとても近いところにいる」

「――――え？」

今、夢の中で死者であるハイドレジアと語れるのは、私がそれに近い存在ということだ。

「魔力を溜《た》めることが出来ない、強い呪い。強い魔術師があなたを呪い、蝕んでいるわ。リオウのように、あなたは呪われている」

＊

眼《め》を覚ますと、辺りは真っ暗だった。

しん、と静まり返った暗闇が、夜であることを告げている。

私は仰向けに横たわっていた。

よく見えないが、屋根のない石造りの壁に囲まれた知らない場所にいるらしい。

「お腹《なか》」

私のお腹の上がとても温かい。

助けた橙色《だいだいいろ》の猫スオウが、私のお腹の上で寝ていた。夢で見たスオウの方が小さかったのは、まだ幼かったからだろう。

「起きたか」

「先輩」

先輩は私の傍らで仮眠を取っていたらしい。無傷のようだが、顔には疲弊の色がうかがえる。

「あ、あの魔獣は！」

「落ち着け。取りあえず、水飲んどけ」

「は、はい」

喉がひどく渇いていたことに私は遅れて気が付いた。

「ここは？」

「廃城らしい。湖の真ん中に小島があってそこに避難した。今は結界で見えなくしてある」

先輩は空になった小瓶を見せた。吹き抜けから見える上空が歪《ゆが》んで見えた。いくつものガラスが重なっているようだ。

「私、一体どうなったんですか？」

「お前は魔獣にぶつかって気絶したんだよ」

「もしかして先輩が、魔術で衝撃を和らげてくれたんですか？」

「まあな」

気絶する前に見た白い光は、先輩が咄嗟《とっさ》に放った魔術なのだ。列車に乗り込んだ時に見せた魔術と張られた結界とは根本的には同じだろう。秘密にしていた先輩の魔術の正体が次第に分かってきた気がする。

「あの魔獣、自我がほとんどないな。暴れまわって、またどっかへ行っちまった。あの感じだと同じところをぐるぐる回っているみたいだ」

「この湖には近づかなかったってことですか？」

「ああ。水が嫌いなのか、湖の傍《そば》まで来て、何故《なぜ》か引き返した」

自分の首に違和感があり、手で触れると血の跡がべったりと付いていた。

「うわっ」

「ちゃんと治癒の魔術はかけたから、血は止まっている。痛むか？」

「いえ、大丈夫です。少し、頭がぼやけていますけど」

きっと夢でハイドレジアと話したからだろう。

「それはそうと、何か弁明するなら今のうちだぞ」

「弁明？」

先輩は長く深いため息を吐いた。

「星見の岬の時に言ったことが伝わってないのか？　シャルが引き返して魔獣にぶっとばされた時は本当に肝を冷やしたぞ」

「そ、それは――」

「次同じことしたら二度と料理を作らないし、お菓子も持ってこないからな！」

「ご、ごめんなさい……」

「次からはそういう契約を取り交わしておいた方がよさそうだな」

謝っても先輩の怒りは収まらない。

役に立たないどころか足手纏《あしでまと》いになって、心配させてしまった。

私はお腹の上で眠るスオウをどかして、立ち上がった。先輩は自分のマフラーを枕にしてくれたらしい。そこにはひどい血の跡がある。

「ごめんなさい、血まみれになってしまいました」

「別にいいよ。洗えばいいし」

しかしこれでは寒さが苦手な先輩は凍えてしまう。

吐いた息は白く、雪が降りそうな程に冷気が強くなっている。夜になるとその寒さは一層増すが、火を点《つ》けて暖を取らないのは、魔獣に見つかることを警戒してのことだろう。先輩はまずそうに携帯食を齧った。大麦と木の実を細かく刻んで作られたその味は、淡泊で美味しくはない。しかし魔力を回復させるためには、お腹に入れておくのがいいのだろう。

パックズの森に湖があったなんて知らなかった。

海とはまた違い、静かで厳かだ。

一番事情を知っているであろう人（ではなく精霊）に話を聞きたいところだが、スオウは一向に目を覚ます気配がない。

「治療、は難しいですよね」

「こいつは精霊なんだろ？　俺が下手に魔術を使ったら消滅するかもしれない」

それくらい、精霊の扱いは難しい。しかし早く事情を知りたい先輩は、苛立《いらだ》ちのあまり猫をどうにかして起こそうと必死だ。髭《ひげ》を引っ張ったり、尻尾を突《つつ》いたり、一応優しい起こし方を試したのだが、一向に動く気配がない。

「このねぼすけ猫め」

「スオウって言うんですよ」

「名前付けるの早すぎだろ」

「いえ、そうじゃなくて。ちゃんとしたハイドレジアの使い魔だそうです」

「なんだ、知ってたのか？」

「知ってたというか、さっき知ったというか」

「さっき？」

私は夢でハイドレジアと会話したことを先輩にも話した。

ハイドレジアがすでに亡くなっていること。

魔獣の正体が、彼女の使い魔で呪いのせいで魔獣になったこと。

そして魔獣となったリオウを殺すように言われたこと。

先輩はその話を聞いて、最初驚きはしたものの次第に得心がいったらしい。

「成程。だから駅は無人で、森では焼けたような臭いがしたのか」

近くの住人は風で流された瘴気《しょうき》のせいで住むことが出来なくなり、避難したのだろう。

「ハイドレジアは、スオウにリオウを止められる力があるって言っていて、それで——

——」

「学院に戻るぞ」

先輩は私の言葉を遮り、〈革袋〉から万年筆を取り出した。

副院長から支給された、学院に戻るための転移の魔術がかけられている万年筆だ。

「どうして、戻るんですか？」

「魔獣がうろつく森じゃ、魔獣に殺されるか、瘴気で死ぬかしかない」

「戻って、魔術協会に掛け合うってことですか？　その間、広がった瘴気はどうすれば」

「どうにも出来ない」

「い、依頼はどうするんですか？」

「ハイドレジアは死んだ。依頼者が確認できない依頼は受けられない」

先輩は淡々と答える。まるで規約を読み上げる協会の職員のような言い方に、私は背筋が凍った。まだ、怒っているのだろうか。

「せ、先輩の魔術で封印は出来ませんか？」

「…………」

先輩が扱うのは氷楔《ひょうせつ》魔術である。

通常液体で保管されている元素の水に、魔力を込めることで、形だけではなく硬さや長さも自在に、そして結界を作ることにも応用できる魔術だ。汎用性が高い反面、扱いが難しいが、情報を瞬時に読み取ることが出来る超感覚的知覚《サイコメトリー》である先輩とは相性のいい魔術だろう。その魔術は氷のように見えることからその名が付けられたのである。ここまで自在に操ることが出来る魔術師は見たことがない。

「私も力を貸します。だから、リオウを助けてあげられませんか？」

封印して呪いを解いてやれば元の姿に戻れる可能性はある。

「無理だ。逃げるか、殺すしかない」

先輩は強く私の手を摑《つか》んだ。万年筆を作動させるためには、魔力は不要だが意志がいる。

二人が学院に戻りたいと強く願えば、戻れるだろう。

私は咄嗟に先輩の手を振りほどいた。

「私のことでまだ腹を立てているなら謝ります。でも、そんな選択肢は、残酷です」

私の知っているユールレイエン・ティンパーなら一緒に考えて、少しでも策を練ってくれるだろうに、今はまるで違う人のようだ。

「ダメだ」

「だったら、先輩だけ戻ってください」

「一人で残って、どうにかできるのか？」

語気に怒りが滲《にじ》み出ていて、それが本気だと分かって私は一瞬で恐怖した。

「どうにか、します」

「ふざけるな！　一人でどうにか出来る状況じゃない。魔術が使えないあんたに何が出来るんだ！」

ここまで本気で怒っている先輩は知らない。

——顔を見るのが、怖い。

今、目を合わせたらこの圧力で負けてしまう気がした。ああ、やっぱりこの人は〈討伐隊〉なのだと、改めて思い知らされる。

すると、能天気な声が私たちの間に流れる冷めた空気を破った。

「うるさいですよ、人間たち」

眠りに就いていたはずの橙色のふわふわの猫が大きな欠伸《あくび》をした。

暗闇に咲くキンセンカのような居住まいに、それがただの猫ではないことがはっきりと分かった。煌々《こうこう》と輝く若草色の双眸《そうぼう》はとても綺麗《きれい》だ。

「スオウ、あなた話せたの？」

「私が話せるのではなく、あなたたちが聞こえるのですよ」

魔力のない私には声が聞こえないはずなのに、ハイドレジアが力を貸しているのだろうか。スオウはひょこひょこと足を引きずりながら、石段の上に乗って私たちよりも目線が上になり見下ろした。

「あなたたちは何者です？　異邦の者から名乗るのが筋ですよ」

「俺たちはお前を助けた恩人だ」

「恩着せがましいですね」

ほんの一度言葉を交わしただけだというのに、先輩とスオウの間に大きな溝を感じた。

ここは私が仲裁しなくては。

「私はシャロム、この人はユエル。私たちは魔術学院から来たんです」

「変な名前の人間ですね」

肉球をぺろぺろと舐《な》め始めた。

「シャル、ちょっとこっち」

先輩はスオウから引き剝がすように、私を引っ張った。さっきまでの怒りはどこへやら。

「ど、どうしました？」

「おい、こいつ随分と偉そうだぞ。本当にハイドレジアの使い魔か？」

「間違いない、と思いますけど」

確かにもう少し謙虚な姿勢をイメージしていた。

「甘やかされて育ったな、あの猫。ハイドレジアめ、しつけくらいしておいてくれよ」

「聞こえていますよ、人間たち」

「…………」

流石《さすが》は猫。耳がいいらしい。

「何をぐずぐずとしているのです？」

「私たちはリオウも助けたいと思っていて、それで――」

「どうせ人間では役に立ちません。さっさと帰るがいいですよ」

スオウはぷい、とそっぽを向いた。

あんなに仲が良かったのにリオウを助けようと思わないのだろうか。それとも強がっているだけなのか。

「スオウは、リオウが死んでもいいの？」

「精霊に死という概念はありませんが、意識と器は消滅します。そして〈エーテル〉に還《かえ》るのです」

「〈エーテル〉に還る？」

「見たのでしょ？　あの湖が〈エーテル〉です」

スオウはにゃあ、と喉を鳴らして石の壁の向こうに広がる湖を見た。

「ええ？」

「おい、ただの湖だと思って普通に魔術で固めて渡ったけど、大丈夫か？」

てっきり壺《つぼ》か鍋のサイズに収まっているものと想像していたが、この湖全てが〈エーテル〉だったとは。

「人間のちんけな魔術になんて影響されませんよ。塵《ごみ》が入る程度です。それに普通の人間には普通の湖に見えるのですよ」

「悪かったな、普通で」

先輩は顔を引きつらせたが、私は〈エーテル〉そのものの本質に高揚していた。

「じゃあ、新しいパックズの弟子がまたこの湖で精霊を生み出せば、リオウは蘇《よみがえ》ることが出来るってことですか？」

私は先輩と顔を見合わせた。リオウを精霊に戻すことは出来なくても、生き返らせることは出来る、かもしれない。

だからハイドレジアはリオウを殺すようにお願いしたのだろうか。

「それは出来ないです」

「どういうことだ。今お前が精霊は〈エーテル〉に還るって言ったんだぞ」

スオウは天を仰いだ。

「呪われたリオウは消滅してもその魂は二度と主の元へといくことはないのです。呪いを受けたまま〈エーテル〉に還ってしまえば、他の精霊たちも呪われてしまう。汚れたものを〈エーテル〉は受け付けない」

つまり、リオウにもう救いはない、ということだ。

「リオウがいなくなって『悲しい』、ですか？　その名前の感情は、ご主人に教えて貰《もら》っていないので分からないです。ただ分かるのは自分だけ残ってしまっても仕方のないことだ、と納得しています」

こんな理不尽なことをされて、納得、だなんて言葉で呑《の》み込んでもいいのだろうか。

呪いをかけた魔術師は一体何のためにこんな酷《ひど》いことをしたのだろう。理由があったとしても、彼らがここまでの仕打ちを受ける必要はないはずだ。

リオウを救いたいだけではない。このままではスオウを孤独にしてしまう。

先輩は苦虫を噛み潰したような表情で、自分の髪をくしゃりと握った。

「ユエル先輩？」

「――――くそっ、そんな話聞いたら」

放っておけなくなる、と続けたかったのだろう。

分かっている。ユエル先輩はどんなに冷たい言葉を吐いても、結局は根がいい人なのだ。

今回のことだって不本意だったはずだ。そして私の身を案じて学院へ戻ろうとしてくれている。やりたいことと出来ることの実力差は未熟な魔術師について回る仕方のないこと。

きっとそうやって割り切ることが正解なんだろう。

こういう優しさにつけ込むのは良くない、と分かってはいるのだけれど、頼らずにはいられない。

私の足は竦《すく》むことはなかった。

「先輩。どうしても見捨てるしかありませんか？」

「ああ、どうしてもだ」

「でも先輩の魔術があればどうにか出来るかもしれませんよね？」

「それは、どうにか……」

「分かりました。では、先輩が手伝ってくれたら、何でも一つ言う事をききます」

「はい？」

「パシリでも、研究の手伝いでも、血の提供でも、何でもです」

「お前、本当に馬鹿だな！　魔術師との間にそんな約束…………」

「約束じゃなくて契約です。どうですか？」

「どうって」

先輩はたじろぎ目を泳がせた。

――――あ、あの時と同じ目。

星見の岬で私がブルービネガーを誤って浴びてしまった時に動揺した時、そして海で溺れた時に助けてくれた時と同じ。

「成功するとは限らないぞ」

「構いません。本当にダメなら、先輩の言う通り離脱しましょう」

先輩は頭を掻《か》いて言い辛《づら》そうに答えた。

「あのな、俺は他の魔術師と違って魔力量が少ない。氷楔魔術を使っているのは、魔力量が少なくても使えるからだ。だから、あの魔獣をまるごと包むような結界は作れないぞ」

私が答える前にスオウが割って入った。

「まったく、だから人間はいらないと言ったのですよ」

ハイドレジアとリオウはこの口の悪い猫を躾《しつ》けなかったのだろうか。

「人間は役立たずだし脆《もろ》い。そもそも異邦の魔術師なんて信用できないのです」

せっかく先輩が手伝ってくれそうなのに。

「スオウ、そんなこと言わないで。一緒に考えて」

私はスオウを抱え上げて先輩から距離を置いた。その時、何かずしりとした金属が手に触れ、スオウの首に鎖が巻かれているのに気が付いた。もふもふの毛に隠れて見えなかったのだろう。

「スオウ、これは何？」

それはただの鎖ではない。強い魔力が込められて、幾重にも複雑に編み込まれた古い金属だ。そして術式が細かく刻まれている。

「これはご主人様が自分に最後にくれた贈り物ですよ」

「これって、魔獣封じの鎖じゃないですか？」

ハイドレジアが言っていたリオウを止める力というのはこれのことではないだろうか。

先輩は革手袋を外してその鎖に直接触れた。

「間違いない。かなり昔の魔術だ。またとんでもない道具が出て来たな」

パックズの弟子なら古く強い道具を所持していてもおかしくはない。

「…………」

「先輩？」

先輩はその鎖を見て何かに気が付いて考えを巡らせているようだ。

「おい、猫」

「スオウですよ、先輩」

「何ですか、人間」

「この鎖は使えるのか？」

「触って分かったのではないですか？」

スオウが煽《あお》っても先輩は冷静に問いかけた。

「ああ。だけど、これを使うリスクまでは分からなかった」

「…………」

スオウは口を閉ざした。沈黙は肯定、ということなのだろうか。

「それが使えるなら、まだ勝算がある」

「ほんとですか！」

先輩は根負けしてため息を吐いた。

「出来る限りのことはやる。それからな、さっきの契約はなしだ」

先輩はびしりと私を指さした。

「え？　でも」

私のわがままに付き合ってもらうのだから、それなりの対価がなければ。きっと今回の依頼の報酬は期待できないだろう。

「でも、先輩はリオウとスオウを助けてくれるんですよね？　その代わりに私から何かあげないと対価が――――」

「だから、別にそういう見返りはいらないって言っているんだ！」

「は、はあ」

やはり先輩の機嫌を取るのは難しい。

何かを望まなければ魔術師を目指すはずはない。

――先輩が本当に欲しいものは一体なんだろう。

私がそれを聞くべきかどうか迷っていると、冷たい突風が波のように押し寄せた。

ギャアア。

張り裂けるような慟哭《どうこく》が森中に響き渡る。そしてそれは顔も喉も凍らせるような冷気となって結界を破壊した。

結界はガラスのように弾《はじ》け、私たちは驚きのあまり声を失った。

体が痺《しび》れる程、今までになく強く悲しい叫び。

灯《あか》りのない深い夜でもはっきりと分かる。

あれは、リオウだ。

木をなぎ倒し、森を踏み荒らす足音。

私たちに気が付いて近づいているわけじゃない。リオウは森を彷徨《さまよ》い、そしてここへと辿《たど》り着いたのだ。

木々を呑み込む程の黒い瘴気《しょうき》がゆっくりと這《は》って来る。

ぎょろりと赤い双眸が木々の影から覗《のぞ》き見ている。

夜が明けていない、暗い状態でリオウを迎え撃つのは危険すぎる。先輩の魔力が回復するまで待ちたかったのに。

二度目の遠吠《とおぼ》えが聞こえた。さっきよりも強く長い。

「スオウ?」

翠玉《すいぎょく》色の目が潤んでいて、遠吠えを聞いて悲しんでいるように見えた。私には分からない何かをスオウは見据えているようで、私はその違和感に不安を覚えた。

突如、私は手を引っ張られてバランスを崩した。

「え、先輩?」

「ダメだ。見つかった!」

先輩は私とスオウを抱えて古城を離れ、湖の水面を魔術で凍らせて足場を作り、岸を目指した。

まだリオウとの距離はあるはずだが、間違いなくこちらに近づいて来ている。

「ユエル先輩！　じ、自分で走れます！」

「お前の鈍足に合わせる余裕はないんだ！」

「ど、鈍足って」

事実ではあるがあんまりだ。

「いいか、この後は俺があいつの気を引いて、出来るだけ湖から遠ざける。そのくそ猫が使えるなら、俺の魔術で補強して、リオウの動きを止める。上手《うま》くいけば封印も出来る」

「呪いをかけられている以上、完全に元に戻るとは思えませんが、でも元に戻せる可能性があるってことですよね？」

「…………」

「先輩？」

「俺があいつを縛るまで待機してろ。それが上手くいったらその猫を連れてこい」

私の腕の中にいるスオウはふむ、と頷《うなず》いた。

「人間にしてはよく考えていますね」

「何で上から目線なんだよ！」

「褒めてやったのに、何が不満なんです？」

スオウは苛立《いらだ》ちのあまり私の腕に爪を立てた。

「痛い、痛い！　私を挟んで喧嘩《けんか》しないでください！」

畔《ほとり》にようやく辿り着いたものの、魔術を使った挙句、人一人を抱えて全速力で走ったせいで流石《さすが》の先輩も息が上がっていた。

「まったくこれだから人間は――――」

スオウの悪態に私はすかさず小さな口を塞いで止めた。

「本当に危なくなったらお前だけでも学院に戻れ」

先輩は万年筆を無理やり押し付けた。

「でも」

一番危険なところで戦おうとしている人にこそ、これは持っておいて欲しい。

「シャルに判断を任せる」

「え？」

「別に俺を置いて帰っても恨んだりしない。俺は自力で帰れるからな」

「わ、わかりました」

「けど、約束破ったら、今度はお前に知らせずにマスタードたっぷりの料理を無理やり食わせてやる！」

それは嫌すぎる。

「せ、せめてマスタードは控えめにしてください」

「約束を破る前提か？」

「せ、先輩も無茶はしないでください。代わりにこれ、渡しておきます。本当に魔力がなくなったらこれを使ってください。少しは足しになるかもしれません」

私は首から下げていたストームグラスの首飾りを渡した。

先輩は目を丸くして、それを受け取った。

「いいのか？　アドラーから貰《もら》った大事な物なんだろ？」

「はい。なので、壊さないで下さいね」

「じゃあ、ありがたく」

先輩はストームグラスを首から下げて、見えないように服の中へとしまった。氷楔魔術を使う先輩の方が似合っている気がする。

――何か不思議な感じ。

自分の大切なものを他人に預けるのは、少しむず痒《がゆ》い。

「どうした？　やっぱり返すか？」

「い、いえ。何でもないです」

「割らないようにするって」

先輩は困ったように笑った。ストームグラスが壊れる心配はしていないのだけれど。

先輩は小瓶から液体を流し、魔術で細身の短剣へと形を変えた。指先で器用に回し、向きを自由自在にすばやく持ち替える。

リオウの三度目の遠吠えを合図に、先輩はリオウの進行方向である対岸側へと走った。

今の私たちは先輩の合図を待つしかない。

「あの人間はあなたの何なのですか？」

「何、というか」

どこから来たかは話したけれど、関係については話していないし、人と関わったことのないスオウには分からないのだろう。オスとメスで、スオウは首を傾《かし》げた。

「見たところ主従でもない。大事なものを渡す相手。そうだ、思い出しました、確か『ツガイ』という——」

「ち、違います！　先輩と後輩。えっと、ユエル先輩が年長者で、私は先輩よりも未熟で。今は一応助け合う仲、なんですかね」

スオウはきょとんと首を傾げて、成程と頷いた。

「では、リオウと自分と同じですね。自分はこの夏に生まれてそれからリオウにお世話されました」

そうか。スオウはこの夏に生まれた猫。だから夢に見たスオウは小さかったんだ。

「リオウはよく自分の毛づくろいをしてくれました。あなたたちもそうなんですか？」

スオウは舌を出して舐《な》めるフリをした。

「全然違います！」

「そうですか？」

「私には、スオウにとってリオウは大事な仲間のように見えました。ハイドレジアが見せてくれた夢の中ですけれど」

仲間。そうであるはずのリオウが苦しんでいるというのに、スオウは彼を案じている様子はない。精霊というのは、互いに思い入れを持たないものなのだろうか。そうだとしたら少し寂しい、とスオウにまた語り掛けようとした時だ。

木々が倒れる音、そして地響きが近づいて来る音がする。

リオウはユエルの方向ではなく、私たちがいる湖の方へと向かってくる。

——どうして？　先輩が引き付けてくれているはずなのに。

まさか、先輩に何かあったんだろうかと最悪の事態を想定してしまう。

「人間如《ごと》きでは無茶だったのです」

「スオウ！　先輩はあなたたちのために」

「リオウがああなったのは、魔術師が呪いをかけたせいです。そして今もご主人様を捜している」

「スオウが呼びかければ、リオウも理性が戻ることだって」

「無駄なことです。もう幾度と試したのですから。だから帰れば良かったのです」

スオウはもう諦めている。

「――――っ」

リオウがもう湖の前に来ている。黒く禍々《まがまが》しい泥と瘴気を纏《まと》った巨大な魔獣。たった半日で更にその瘴気は濃くなっている気がする。夢で見た白い綺麗《きれい》なオオカミの面影はどこにもない。

〈エーテル〉が汚れてしまっては何もかも戻らなくなってしまう。パックズの森にはもう二度と精霊が生まれなくなる。

ああ、どうして今まで気が付かなかったのだろう。

森の中で唯一、清らかだった湖。何故《なぜ》、数日も森を彷徨っていながらこの湖に近づかなかったのか。リオウは理性を失っても、無意識に大事な場所を守ろうとして、そしてハイドレジアを捜して彷徨っていた。

あの遠吠えは何度も主を呼んでいた声だったのだ。

「離れるのです、人間」

靴を引《ひ》っ掻《か》いて止めるスオウから離れて、私はリオウの前に立った。

魔術の使えない今の私には、リオウの意識を少しでも逸《そ》らす囮《おとり》になるしかない。

「リオウ！　止まって！」

リオウはゆっくりと私の方を見た。今の彼に人の声を聞くこと、理解することは出来ないかもしれない。

「もうハイドレジアは死んだんです！　だから、もう……」

私はリオウの姿を見て、言葉を失った。もうオオカミの原形をとどめていない。

これではもう、たとえ封印をすることが出来ても、私の知っている限りの魔術では元に戻す術はない。想像以上に受けた呪いが強く、進行が速すぎた。

リオウが喉を鳴らしている。何かを伝えようとしているのか。

ぼたぼたと瘴気《しょうき》の塊が落ちて、私の腕にかかった。

「――え？」

頭上から振り下ろされた黒い影がリオウの前脚だと気が付いた時、私はようやく先輩の言葉の意味が分かった。もう何もかもが手遅れだったのだと。

私が後悔しかけた時、私の目の前を白い閃光《せんこう》が掠《かす》めた。

その閃光はリオウの前脚を薄く切り裂くにとどまったが、その斬撃でリオウはひるんで後ずさりをした。流れるような二撃目が前脚を切り裂いた。

「離れるぞ！」

「先輩？」

私とリオウの間に滑り込んだ先輩が、短剣で切り裂き衝撃を抑えてくれたらしい。

「先輩！　無事だったんですね！」

「無事というか。あいつ、俺に目もくれなかったからな。急いで引き返したんだ。それよりも――」

先輩は顔を引きつらせ、短剣を私に向けて来た。

――あ、これはまずい。

これは本気で怒っている。

「危なくなったら逃げる約束はどうした？」

「まだ、危なくなかったので、って痛い、痛い！」

リオウから距離を取った先輩は〈革袋〉から手早く包帯を取り出し、瘴気のかかった私の腕にぐるぐると巻いた。

魔力の込められた包帯はほんのり湿っていて、それがアロエのエキスだと分かった。火傷《やけど》や毒を浴びた時の応急手当に使うものだ。

「痛くしてるんだ！」

ぎゅっと、結んだ時の痛みに私けまた悲鳴を上げた。

「お、お手間をかけました」

「痛いのですか？」

スオウが私の傷痕を気にして、肉球でふにふにと包帯の上を触診している。

「大丈夫ですよ、スオウ」

「人間、お前は凄《すご》い魔術師だったのですね」

確かにあの判断の速さと体捌《さば》きは流石〈討伐隊〉に在籍していた魔術師。スオウの素直な褒め言葉に先輩もまんざらでもなさそうだ。

「今更か」

「あの、助けて貰ってありがとうございました」

「ちゃんと助けられてないけどな」

「大丈夫です。先輩に応急手当してもらいましたし。ノープロブレム、です」

先輩の視線は私の腕へと向けられたので、私は腕を大袈裟《おおげさ》に振って見せた。

リオウの呻《うめ》き声が次第に小さくなっていく。

その動きはまるでカタツムリのようにゆっくりとして、ぎこちない。

先輩の魔術が効いているというよりは、何かに怯《おび》えているようだった。

理由は分からないが、動きが遅い今がどうにか出来るチャンスだ。リオウを見つめていたスオウが私たちに語り掛けた。

「人間」

「何だ、猫」

「橋を造れますか？　出来るだけ高いものがいいです」

「いいのか？」

「獣を鎖に繋《つな》ぐには喉元まで行かなければ」

先輩とスオウは示し合わせたかのようだ。そして先輩はスオウの目線に合わせて屈《かが》んだ。きっとリオウを封印するためスオウの力を使うのだろう。そのためには彼らを近づかせなくてはならない。

「その足で歩けるのか？」

スオウの足の怪我は完治しておらず、一匹で歩けるものではない。

「だったら、私が上まで運びます」

「本気なのか？　あいつの頭の近くの方が瘴気は濃いぞ」

「大丈夫、傘を広げて防ぎます。途中で魔術を切らないでくださいね」

これで私も少しは役に立てるだろう。

「どうしてあなたがそこまでするのですか？　あなたたちにとってこの森は何も関係ないのでしょう？」

「私にも分かりますから。大事な人と居られないのは寂しいってこと」

リオウはきっと主であるハイドレジアを捜している。私が先生を捜しているように、私はリオウと自分を重ねて見ている。だから、どうしても救ってあげたい。

「橋と結界は同時に造ることは出来ないぞ。これが最後の瓶だ」

「つまり、自分の身は自分で守れってことですね」

「そうだ。危なくなったら迷わず降りろ」

「はい」

先輩は最後の小瓶を取り出し、それを宙に放ると一瞬にして虹のような架け橋が出来た。

リオウの頭上より高いこの位置なら上手《うま》くスオウをリオウの喉元に着地させることが出来るだろう。

「行きますよ、スオウ」

脇にスオウを抱え、私は傘を広げて走った。

半分の高さまで来たところで、リオウの体から流れる黒い瘴気の雨が強く降り始めた。

まるで泣いているようで、悲しい呻き声に私は胸が締め付けられた。

突然、視界が歪《ゆが》み、足が止まる。

「どうしたのです？」

傘で瘴気の雨を防ぐことが出来ても気化する瘴気までは防げない。ここまで濃くなっているなんて。眩暈《めまい》を起こして膝から崩れ落ちた。

――――もう少し、なのに。

下で先輩が何か叫んでいる気がする。

「スオウ、私の服の中に入って」

小さくなって芋虫みたいに這《は》いずれば辿《たど》り着けるはずだ。

しかし、スオウは佇《たたず》んでいるだけ。傘が守ってくれない場所で、瘴気の雨に晒《さら》されながら、満足そうに微笑《ほほえ》み歩き出した。

「もう十分です」

「待って、スオウ！」

スオウは振り返った。その目は、夏の日に見上げる木漏れ日のように綺麗だった。きっとスオウが生まれた日、彼の目は鮮やかに芽吹いた木々を映したのだろう。

赤く染まったリオウの双眸《そうぼう》とスオウの視線が交差したように見えた。ほんの一瞬だけれど彼らの間には確かな思いが流れているようだった。

「スオウ？」

「ありがとう、〈雨の魔術師〉。僕らを助けてくれて」

スオウはリオウの頭上へと落ち、鎖が弾《はじ》けた。

「――――っ」

強く眩《まぶ》しい光が二匹の精霊を包んだ。

それは晴れた日の雪のようで、風に吹かれた花びらのようで、とても儚《はかな》くて美しかった。

＊

先ほどまでの騒動が嘘《うそ》のように森は静寂に包まれた。

空が白み始め、夜明けが近いことを告げている。

魔力を使い果たした先輩はその疲労から木にもたれかかって、眠っていた。

大きな怪我《けが》をしていないのが幸いだ。

瘴気に冒された森には、精霊の姿はない。きっとこの森には住めなくなったのだろう。

——雨を降らせることが出来れば、森は再生できたのに。

この森で起きた惨状を魔術協会に伝えれば、保護はしてくれるだろう。

涙が涸《か》れている私には泣くことも出来ない。

焚火《たきび》をただ、眺めているだけだ。

肌に包帯を巻いてはいるけれど、冷気なのか、それとも瘴気に当てられたからなのかひりひりと痛む。けれど、さっきまで傍らにあった小さなぬくもりがいなくなった悲しみに比べたら何てことない。

ぱきり、と焚火が音を鳴らし、先輩は薄《う》っすらと目を開けた。

「先輩は気が付いていたんですか？」

「何に？」

「スオウが消えてしまうことです」

自分でも驚くくらい、私の声は苛立《いらだ》っていた。先輩ははなをすすって深く息を吐き、自分の手を見た。

「全部は読み取れなかった。スオゥは鎖を元に造られた精霊だ。少ない魔力で役目を全うした以上、消滅は免れなかったんだろうな」

私たちを毛嫌いして、強い口調で追い払おうとしたのは、自身の消滅を予見していたからだろう。しかし自分自身の消滅というリスクはあまりにも大きすぎる。

私は抱えた膝に顔をうずめた。

「スオウは、この夏に生まれたと言っていました。まだ春を見たことがなかったんです。まだ生まれてから半年なんて……。先輩の言う通り、スオウだけでも連れて、学院に戻れば――」

「あの〈エーテル〉は汚れて、二度とパックズの森からは精霊が生まれなくなるだろうな」

「でも――」

「ああするしか方法はなかったんだ」

「私に、魔術が使えたらこんなことにはならなかったんでしょうか？」

「どう、だろうな」

先輩は歯切れ悪く答えた。

暫《しばら》くの沈黙の後、先輩はちらりと私を見た。

「悪かったよ」

「先輩は何も悪いことなんてしてませんよ」

「そうじゃない。嫌な言い方したことだよ。魔術が使えないのに、何が出来るんだって」

「でも事実ですから。気にしてません」

「気にしてるだろ」

「気にしてません。って、このやり取り前にもしませんでした？」

「そう、だったか？」

先輩は「忘れてた」とおもむろにポケットから何かを取り出し、私に見せた。

「これは？」

小さく、淡く透明な欠片《かけら》が二つ。水色と橙色《だいだいいろ》の色違いで、まるで小さな氷とタンポポの花びらのよう。

「精霊の欠片だ。あいつらは〈エーテル〉に還《かえ》れなかったから、消滅した時に欠片が残ったんだ」

「そんな、まさか」

「〈エーテル〉だけじゃ精霊は生まれない。何かが核になっていたはずだ。もしかしたらと思ってな」

こんな小さな欠片を先輩は探して見つけてくれたのだ。

「精霊には死という概念はないのなら……」

いつかまた、蘇《よみがえ》るかもしれないということだ。

先輩は首に下げていたストームグラスの蓋を外して、その中に欠片を入れて私に返した。

「シャルの魔力が戻ったら、魔力を与えてやればいい。そうすればいつかまた会えるさ」

朝日に照らされたグラスは、鮮やかな光が零《こぼ》れている。

「ありがとう、ございます」

「戻ろう、ドラクロウに」

「はい」


何もできなかった後悔の方が大きく、身体《からだ》が重いのはきっとそのせいだろう。

疲れた頭に、どうしても残り続ける言葉を私は反芻《はんすう》した。

私は呪われているとハイドレジアは言っていた。とても強い呪いだと。

私に魔術を使わせたくない誰かがいるのか、憎しみ恨んだ誰かがいるのだろうか。

思い巡らせても答えは出ない。

だけれど、ハイドレジアが言ったことが本当なら、私に呪いをかけたのは一体誰なのだろう？

第四話：魔術師狩り

――あなたは呪われている。

ハイドレジアに言われた言葉が、頭にこびりついて離れず私は目を覚ました。時刻は時計の針がてっぺんを回った頃だ。

私は部屋の外へ出た。

学生寮の不思議な構造のせいで、ゆっくりと扉を閉めても、寮の中に響き渡ってしまう。寮の中は中央が吹き抜けになり、学院の大樹と同じ苗木が植えてある。学生たちの部屋はぐるりと円形状に配置されている。

私は寮の屋根に上って座った。そこからは学院も町も見渡せる。

「寒い」

ブランケットを持って来れば良かったのかもしれないが、今はこの冷たさが心地いい。

ストームグラスを眺めると、雲の中にきらりと光る二つの異なる欠片が、今の私を癒《いや》してくれる。しかしやはり、ため息が出てしまう。

二つの依頼をこなしても魔力を回復する術もヒントも見つからなかった上に、私たちの課題は終わりが近づいていた。

このまま魔力が戻らなければ、学院に在籍し続けることはできず、私は実家に戻り見知らぬ誰かに嫁がされるだろう。

いっそのこと全てを捨てて逃げてしまおうか。

「その勇気が、私にあったらよかったのに」

私は冷たい夜風に体を任せて目を閉じた。


翌朝。

久しぶりにリンゴジュースが届けられていた。花もメモも添えられていなかったが、それでも嬉《うれ》しくて私は思わず両手で抱きしめてしまった。

「本当に、誰が届けているんだろう」

今更になって届ける人が気になるなんて、私は薄情な人間だ。

でも、もし私が学院を去ることになったら、せめて最後に御礼《おれい》は言いたい。

私は〈昇級試験《トロフィエル》〉の間に受けられる授業を確認するために、掲示板を見に行ったが、授業のことは何も書かれていない。

『ぼうっと立っているんじゃないよ、お嬢ちゃん』

私が戸惑っていると、どこからともなく飛んできたブリキの小鳥が突然耳元で語り出した。あまりにきんきんと語るので、私はひっくり返りそうになった。

『特別授業は中止よ、お嬢ちゃん』

「え？　中止？　どうして？」

『中止は中止よ。私は他の子どもにも伝えなくてはならないのだから。ああ、忙しいったら』

ブリキの小鳥は忙しそうに飛び回った。

目的の授業が受けられないのでは仕方ない。どう時間を潰したものか、と取りあえず早めの昼食を摂《と》ろうと食堂へと足を延ばしたが、どうも騒がしい。

「おい、聞いたか！〈アルカイド〉が出たらしいぜ」

「本当に？」

学生たちは今朝の新聞の見出し記事を広げ、集まっている。

魔術協会に反発し独立して生まれたとされる魔術師の秘密結社〈アルカイド〉。通称、魔術師狩りとも呼ばれ、行方不明となる魔術師の大半は彼らが誘拐したからとも言われている。しかしその実態はつかめず、その創立は数十年前、もしくは数百年前からとも言われている。拠点も構成員も未《いま》だ明らかになっていない。

遠目に見たその見出し記事には、〈アルカイド〉の証《あかし》である「笛吹き男」の紋章が大きく取り上げられている。

「ニードル教授もサーチグレイス教授も〈討伐隊《ハイランダー》〉に駆り出されたってさ」

「じゃあ記事は本当なの？」

「今回の〈昇級試験〉が中止になるって噂《うわさ》だ」

信じる者と信じない者で、試験中の学生たちは戦々恐々としている。

私は踵《きびす》を返して、ルイコの研究室へと向かった。

噂だとしても先輩に早く伝えなくては。もしかしたら〈討伐隊〉に在籍していたのだから何か新しい情報を手に入れているかもしれない。

「ふざけるな！」

部屋の中から聞こえてくる怒号に私は飛び跳ねた。この声は――。

「ユエル先輩？」

「あの子と関わる以上、トラブルは避けられない。私はそう忠告したわよね？」

ルイコの冷たくとげとげしい口調に身がすくんだが、私は二人の会話に耳をそばだてた。

「つまりあんたは次の依頼を受けるなって言いたいのか」

「ええ、そうよ。忘れたわけではないでしょう。署名をしたのは私。危険な事態になった際に学生を強制的に止める役目もあるのよ」

「俺たちは課題を辞退する気なんかない。勝手に決めるな！」

「今回の件ではっきりしたでしょう？　遠出をしただけで巻き込まれたのよ。魔術師狩りが学生を標的にしていることは明らかだわ。特にあなたたちはいい標的だもの。私が奴らでも狙うわね」

「パックズの森でも俺は上手《うま》くやった」

「今回はたまたま運が良かっただけよ。魔獣に腕を食われてないのは奇跡ね」

「あんたには関係ない！」

「あなたが手段を選ばないなら、私もそうするまでよ」

「何をする気だ」

ルイコはため息混じりに弟子の問いに答えた。

「私が彼女を脅迫するわ。試験は諦めるようにね」

私は気が付けば部屋から離れて走っていた。彼らが続ける会話を私はそのまま聞き続けることが出来なかったのだ。


大丈夫。

「一人でも依頼は受けられるし」

きっと先輩はルイコさんの言う通り、試験を辞退するだろう。今となってはこの課題は先輩にはデメリットしかないのだから。

課題は三つの依頼を達成すること。最後の一つが一緒に受けられなくても気にすることはないはずだ。学年も境遇も違う私たちは課題が終われば、それでパートナーは解消される。

寧《むし》ろよく二回も一緒に依頼を受けてくれたものだと感謝しなくては。

けれど、この脱力感は何だろう。

寂しいのか、虚《むな》しいのか。自分の気持ちを整理する程の余裕が、今の私にはなかった。

私はその日の夜のうちに魔術協会へと向かい、すぐに受けられる依頼がないか探した。

先刻、魔術協会に届けられたばかりの依頼が目に留まった。

〈洗礼の泉が止まっているため、その調査をお願いします。
依頼者　教会管理者〉

「ここ、行ったことある」

報酬はかなり安いけれど、選んでいられない。この洗礼の泉ならば、先生と一緒に見たことがあるから勝手が分かる。それに星見《ほしみ》の岬で得た知識が生かせるだろう。何より場所が近い。都市のすぐ外にある丘の上にある教会で、河を下っていけば半日もせずに到着できる場所だ。

私は迷うことなく依頼を受けるため申し込んだ。

翌日の夕方。放課後に準備を整えて出発した。

都市の東、学院の近くには都市の外まで繋《つな》がる長い運河がある。その河の流れを利用し、夜でも運航している移動手段といえば、ゴンドラがある。安全とは言い難《がた》いが、何より安価だ。知る人ぞ知る、秘密の移動手段である。

船着き場には空いているゴンドラが何隻かぷかぷかと浮かんでいた。

行き先を書いた紙片をランプの火で燃やし、ゴンドラの船首の金具に引っかけるだけでいい。そうすれば漕《こ》がなくても目的地まで勝手に動いてくれる。

乗り込んだゴンドラはゆっくりと動き出し、黄昏《たそがれ》時の夕暮れ色に染まった運河の上を滑っていく。

「先生に、習っていてよかった」

私は思わず、目についた物と思い浮かんだ色とを比べた。黄昏時の空の色でも一番星の光の色でもない。きっとこれが寂しいということなのだろう。

都市はどこもかしこも入り組んでいて、橋の下を通る。

最後の橋の下をくぐった時、何かが駆ける音がして私は前後左右を見回した。

「気のせい、ですかね」

違う、真上だ。

「おっと！」

「きゃあ！」

大きな何かがゴンドラに落ちてきて、船首は大きく揺れて私はバランスを崩した。誰かが走って橋の上からゴンドラに飛び降りたのだ。

それが誰なのか分かり、私は息を呑《の》んだ。

「ふう。危ない、危ない」

何事もなかったように腰をかけて、落下してきたその人は正面を向いた。

橋の上から飛び降りて着地する瞬発力や、平然とした態度より、今この人が当たり前のようにいる事実に私は驚かずにいられない。

「え？　ユエル先輩。どうして？」

朝日を映した金色の目。暗くなり始めても褪《あ》せることのない、私が探した双眸《そうぼう》がそこにあった。その光を宿しているのは、ユールレイエン・ティンバー、その人だ。

「どうしてって。目的地に行くんだろ？」

彼はあっけらかんと答えた。

「でも、ルイコさんに止められたんですよね？」

「何で知ってるんだ？」

「えっと、風の噂で聞きまして――」

流石《さすが》に扉の外で盗み聞きしたとは言えない。

「まあいい、それより」

と先輩はきっと睨《にら》んだ。

「どうして黙って行こうとしたのか、説明はしてくれるんだよな？」

「ご、ごめんなさい」

「謝って欲しいわけじゃなくて、俺は理由を聞いてるんだよ」

「えっと、その――」

どう答えたものか。

「て、手柄を独り占めしたかったんです」

「嘘《うそ》だな」

分かっていたかのように先輩は目を伏せて、私の言葉を否定した。

「う、嘘じゃないですよ」

語尾が震えてしまい、もう誤魔化せない。

先輩は魔術協会に三つ目の依頼を検討しようと見に行ったら、受付で、すでに申し込み済みであったことから急いで目的地へと向かい、その道中で橋の上から私がゴンドラに乗っているのが見えたので飛び降りたという。

「なあ、俺ってそんなに信用ならないか」

先輩は声を荒らげて自分の膝を叩《たた》いた。

「そういう、わけじゃないんですけど」

「じゃあ、どういうわけなんだよ」

先輩がルイコに言われるまま、〈昇級試験〉を辞退するだろうと勝手に思い込んだ、と素直に言うべきだろうか。

すっかり夜になり、河の上を走る霧が濃くなった。日が暮れてランプの灯《あか》りだけがぼんやりと私たちを照らしている。

返答できないまま、目線をどこにやっていいか分からず、私はランプの灯りを見つめた。

変な気持ちだ。喜びと不安が入り混じって、それゆえ頭が回らない。

来てくれた時、私は驚いただけじゃない。嬉《うれ》しかったのだ。でもどうやったら言葉に出来るだろう。

「先輩、その――――」

「分かった、もういい。取りあえず目的地に行こう」

――――どうしよう。本当に、怒っている。

勝手に行き先を決めて、勝手に出て行った私の行動は、ただの裏切りだ。

自分の突発的な行動すら十分に理解出来ていないのに、先輩にどうやって謝ればいいだろう。

お互い居心地が悪い時間だけが過ぎ、時刻は真夜中になった頃、俯《うつむ》いたままの私に対して切り出したのは先輩だった。

「魔力を取り戻したら、アドラーに会えると思っているのか？」

「どういう、意味ですか？」

「お前、本当に自分の魔力が戻らない理由を知らないのか？」

「どうして、そんなことを？」

私自身のことを問うなんて。何よりも、今は一番訊《き》かれたくないことなのに。

――強い魔術師にかけられた呪い。

「心当たりあるんだろ？」

「――ありません」

「本当に？」

「ありません！」

私に魔力が戻らないのは、私の身体《からだ》の異変であるはずだ。誰かが呪いをかけたなんてことはあり得ない。

先輩は悲しそうな目で、しかし強い言葉で私に告げる。

「お前に呪いをかけたのは、アドラーじゃないのか？」

先輩がどういう気持ちで私にそんなことを言うのか、私には分からなかった。

＊

十六年前。私はユーフォルビア家の娘として生まれた。

幼い私は湖に映る雲の流れと、空を見比べることばかりして過ごしていた。

言葉を覚えるよりも先に魔術を使うことが出来た私は、その才を遺憾なく発揮した。物心ついた頃から、数日先の天気を言い当て、風を呼び、好きな時に雨を降らせた。

家名の名誉を何よりも重んじる父は、私の才能を伸ばそうと躍起になり、とある魔術師を私の教師として屋敷《やしき》に招いた。

その人こそ私が「先生」と呼ぶたった一人の魔術師、アドラー。この世に知らぬ者はいない〈時の魔術師〉だ。

挨拶が出来ない私に、父はため息を吐き、娘の言葉の覚えが悪いことをアドラーに悲観的に説明した。しかしアドラーは気にも留めていなかった。

「いいさ。会話より魔術が優れているのは、それだけ魔術の才能があるということだ」

アドラーは私と同じ目線になるようにしゃがんだ。

「今日からボクが君の師匠だ。ボクのことは先生と呼びたまえ」

アドラーもとい先生は、私をよく外へ連れ出した。

そして先生と出会って半年も経《た》たないうちに、私と先生は屋敷を離れた。旅をすることになったのだ。魔術協会の斡旋《あっせん》で依頼を受け、その一部を私に代行させるというものだ。

私は先生に習った通りに魔術を使った。

長雨で苦しむ町から雲を呼び寄せて、乾いた畑に雨を降らせる。

それだけの魔術だけれど、先生は「よくやった」と褒めてくれた。

それから先生は世間知らずの私に、様々なことを教えてくれた。

魚が水の中で生きる理由。渡り鳥が向かう場所。人々の暮らし。誰かと食事をする楽しさ。

どうして魔術に関係ないことも教えてくれるのかと問う私に、先生は「全部魔術に関係あることさ」とあっけらかんと答えた。

そして私は必要な場所を巡っては、雨を降らせた。海の水蒸気を集めて雲にして風に乗せて引っ張ったりしていくこともあれば、植物が良く育つように魔力を込めたりもした。

大きな魔術は疲労感も伴うけれど、そういう工夫をすれば先生も褒めてくれる。

言われたことを達成して、言われた以上の成果を出せばいい。

私には雨を降らせることしか出来ないのだから。

先生が私の師匠となってから二回目の夏が訪れた。

私が六歳になった日の夜のことだった。

「魔術師が弟子に何かを与えるのは、一人前になった証《あかし》だ。君にはこれを与える」

先生は私に赤い雨傘を贈ってくれた。

「ありがとう、ございます」

「広げてみてごらん」

その雨傘は強くしなやかな骨組みで、広げると赤い花が咲いたように美しい。私は嬉しくなってそれをくるくると回した。

「うん、いいね。雨雲を操る君にぴったりだ。それから、これは誕生日プレゼントだ」

ストームグラスにチェーンをつけ、先生はそれを私の首に下げ、私の目を見つめた。

「いいかい。魔術は自分のためだけに使ってはいけない。どうしてか分かるかな？」

私は首を横に振った。

「それから他人ばかりに使ってもいけない」

自分だけでも、他人ばかりでもいけない。誰のために魔術は使うべきなのか。私は、先生に褒めてもらうために魔術を使ってきた。それではいけないのだろうか。

悩む私の頭を先生は優しく撫《な》でた。

「それを考え続けて、いつか答えが分かったらボクに教えておくれ。いいね？」

私は力強く頷《うなず》いた。

「それからね。これからはボクが一緒じゃなくても一人で魔術が使えるようにならなくちゃ。君はいつかボクから独り立ちするんだから」

私は先生の言っていることが理解できていなかった。どうして、いつかは先生の元を離れなくてはならないのだろうと。

私には先生さえいてくれたら良かったのだ。

十三歳になった年。

私は先生の薦めで魔術学院ドラクロウに入学した。それと同時に学院の寮に部屋を持つことになり、私は学生の一人となった。

しかし、学院には籍を置くだけで、授業のほとんどに参加せず、私は率先して先生の手伝いを続けた。上級魔術師であるためある程度の授業の参加は免除される。

先生の役に立つ。それだけが私の生き甲斐《がい》だった。だってそうすれば先生に褒めて貰《もら》えるのだから。

入学して半年。

先生は行く先を告げずに出かけることが増えた。だから私は、上級であることをいいことに、先生に倣い、依頼を受け続けた。

干ばつ、日照り、砂嵐に困る町。

先生から貰った傘を持って、必要な場所へ必要な分だけ雨を降らせればいい。

先生が認めてくれるまで私は魔術を使い続ければいいのだと、昔の言いつけだけを守っていればそれでいいと、思い込んでいた。それが正しいことなのだと信じて。


そして去年。十五歳の夏の日。

学院の前で体の力が抜けて糸が切れたように倒れた。疲労感と火のような熱さに、私は体を動かすことができなかった。

「君は魔力を使い過ぎて倒れたんだ」

ベッドの中で高熱にうかされ、ぼやけた視界に映るのは、数か月ぶりに見る先生の姿。

その姿を見て喜びと不安がぐるぐると胸の中を渦巻いた。

久しぶりに感じる先生の指が心地いい。けれどそれは、ほんのひと時だった。

「――――先生？」

「君はボクが教えたことを忘れてしまったんだね」

「わ、私は。雨をちゃんと降らせました。だから――――」

褒めて欲しい。また私の傍《そば》にいて欲しい。

先生は私の額に流れる汗を拭い、悲しい表情をした。

「君は依頼で助けた人の顔を誰か一人でも、思い出せるかい？」

「────え？」

先生の質問の意図がよく分からない。

「ボクの教えが良くなかったみたいだね。ごめんよ、シャロム。ボクはもう行かなくては」

扉の外へと向かっていく先生の背中が、また長い別れを告げていた。

────行かないで、先生。

やっと会えたのに。言いたくても声が嗄《か》れて言葉が出てこない。

立ち去る先生の姿に手を伸ばしても先生は振り返らなかった。

熱が引いたのはそれから四日後のことだった。

体の異変にもしやと思い背筋が凍った。

鏡に映った自分の目の色が青から灰色に変わり、風の動きが見えなくなっていた。

ストームグラスも上手《うま》く反応しない。傘を広げて走っても風が摑《つか》めず、空も飛べない。

────魔術が、使えない。違う、魔力がなくなっている。

私の中に魔力が一滴も残されていなかった。体の底にある泉が涸《か》れてしまったよう。

大丈夫、すぐに元に戻る。そう言い聞かせても焦りと恐怖で身がすくみ、眩暈《めまい》がした。

学院の腕利きの魔術師でも、私の体の状態を解明できないと首を横に振った。

それから、先生は私の前に姿を現わさなくなった。

私はただ一つの結論に至った。

魔力を失ったから先生は会ってくれないのだと。

――魔力を失った弟子が、魔術師と呼べなくなり、先生は見限った。

そんな人ではないと思いたい。でも、魔力のない私に価値はないんだ。

私は、再び先生に会うことは叶《かな》わないだろう。

いつかまた、先生と一緒に旅ができる私になれるように――。

魔力を取り戻さなければ――。

＊

ちゃぷり、とゴンドラが大きく揺れた。

「私にとって先生は、尊敬できる大事な人。私にとって唯一の人です」

そう、私を導いてくれた先生が私を呪うなんてあり得ない。けれど先輩は自分の意見を曲げなかった。どうしても先生を疑わずにいられないらしい。

「魔術が使えなくなった時期に、アドラーはあんたの前から消えた。そして今も現れない。この状況に何も疑問を持たないのか？」

「そもそもどうして私が呪われているなんて思うんです？」

「それは──」

言い淀《よど》んだ先輩の様子に、私の中で疑念が確信に変わった。

「私に、触ったんですか？」

先輩は気まずそうに経緯を話した。

「パックズの森で、あんたが気絶した時に。術者が誰かまでは分からなかった。俺の手も万能じゃない。だけど、俺が読み取れない程に強い呪いってことだ。そんなことができる魔術師があんたの身近にほかにいるのか？」

「先生が私にそんなこと、するはずがありません！」

私を導いて、育ててくれた人が私に呪いをかけるなんてこと──。

「それが呪いならあまりにも強すぎると思わないか？　前例がない、学院の誰も解く方法を知らない。アドラーくらい強い魔術師でなきゃこんな──」

「やめてください！」

分からない、どうして先輩がこんなに先生のことを責めるのか。

「そんなに師匠が大事か？」

冗談で言っているわけではない、真剣な眼差しに私はますます困惑した。

「魔術師の師弟関係は優しいものばかりじゃない。騙《だま》して弟子の力を奪う奴もいる」

「先生はそんな人じゃありません！　私を助けて育ててくれた恩人です。それに

「――――」

「じゃあ、偉大な魔術師が大事な弟子一人を助けてやれないのはどうしてか、考えたことはなかったのか？」

私はずっと一つの真実に目を背けていた。

熱のせいで魔力を失ったのだと思い込もうとしていた。けれど、魔力がなくなったあの日、私の体に触れた強い魔術師はたった一人だけ。

アドラー。

あの時、私の先生だけが私に呪いをかけることができた。

その事実が、こんなにも怖い。

＊

早朝、ゴンドラが岸辺についても、私と先輩は必要最低限の会話しかしなかった。

気まずいのではなく、ただ言葉を交わすことが苦痛だったから。

村を横切り、丘を登れば目的地の教会は見えてくる。古く脆《もろ》い教会で、地元の村人たちがお祈りのために利用する場所だ。そこにある泉が水脈や配管の故障で使えなくなることがあるから、その修理をするのがこの依頼だ。

教会は不気味な程に静かで、人影はなかった。そろそろ近隣住民たちがお祈りに来てもおかしくないはずだけれど。

――この教会、こんな形だっただろうか。

「どうした？」

「いえ、何でもありません」

あまりにも私が教会を長く眺めていたのだろう。先輩は先に教会の前まで足を進めていた。扉はすでに開かれており、中には祭壇の近くに一人の神父が佇《たたず》んでいるのが見えた。

逆光で輪郭がはっきりと見えないが、佇まいと声色から随分と若い。

「お待ちしていました〈雨の魔術師〉様」

「えっと、学院から来ました――」

神父へと挨拶しに行こうと足を進めたが、先輩が私の腕を掴んで引き留めた。

「待て、シャル」

「先輩？」

先輩は警戒して距離を取ったままだ。

――あれ、この臭い。

刺すような臭いが漂い、私は口と鼻を手で覆った。教会には似つかわしくない火と油の臭いだ。

「何であんたがここにいるんだ」

「ユエル先輩、知っているんですか？」

「どこかで会ったことがありましたか？」

どこか棘のあるような口調に、私は背筋が凍った。この人は神父ではないと、私の目と耳が警鐘を鳴らしている。私と先輩はゆっくりと後ずさりをした。

「逃げなくてもいいじゃないですか」

風もなく人もいないのに扉がばたんと勝手に閉まり、私たちは退路を失った。

男は柔和に笑い、私たちへどんどん近づいて来る。

「俺はあんたを知っている。イヴァン・ヘイスティング。元〈討伐隊〉だ」

神父ははあ、と深くため息を吐いて、乱暴に襟元のボタンを外し、髪をがしがしと掻《か》きむしった。穏やかな佇まいから一変、荒々しい態度へと豹変《ひょうへん》した。

「はあ。有名人っていうのも辛《つら》いもんだなあ、おい」

元、ということは退役か、それとも離反か。警戒している先輩の様子を見ると明らかに後者だろう。

「あんたの容姿は目立ちすぎる」

燃えるような緋色《ひいろ》の長髪と左右異なる緑ととび色の目。頰の傷と骨ばった痩軀《そうく》。ゆらゆらと不規則に揺れる足取り。首筋にある「笛吹き男」の入れ墨。

「――まさか、その紋章は、〈アルカイド〉？」

「ご名答」

イヴァンが指を鳴らした途端、蠟燭《ろうそく》全てに灯《ひ》が灯《とも》った。

「〈討伐隊〉だったあんたが、どうして魔術師狩りになった？」

「ああ。お前は俺の後輩か？　生きて戻《もど》れたら聞いてみろよ」

イヴァンは愉快そうに口角を吊《つ》り上げた。

火を扱う魔術師、そしてこの臭い。私の中で渦巻いていた不安が確信に変わる。

「――先輩、この人」

「シャル、前に出るな」

私は思わず先輩を押しのけた。

「どうして、この人から火と油の臭いが？　あなたがパックズの森を？」

「パックズの森？　ああ、行ったなあ、この前」

「白いオオカミに呪いをかけたのは、あなたですか？」

「はあ？」

イヴァンは顔を引きつらせた。

「答えてください！」

「ああ、そうだな。俺だよ、〈雨の魔術師〉。俺があの獣を呪った」

「どうしてあんなことを！」

「俺たちの邪魔をしたからさ。〈エーテル〉はいい薬にもなるし、高く売れる。それをあの女が独占するから交渉したんだが、あの獣が出しゃばって来た」

「それだけの理由で、ハイドレジアとリオウを呪ったんですか！」

「俺が呪った時にはまだあいつらは悶《もだ》えているだけだった。あんまり時間がかかるから面倒になったんだ。よくあるだろ？　虫を潰して暫《しばら》くグニャグニャ動いている感覚だよ。あいつらはどうなった？　なあ、教えてくれよ」

イヴァンは舌なめずりをして、気味の悪い笑みを浮かべた。

この人は、〈エーテル〉の悪用を目論《もくろ》んでいただけでは物足りず、森を守る彼らに呪いをかけた。そこには正義も思想もない。自分が楽しむために、呪ったのだ。

腹の底が熱くなるような感覚に、私は腕を抱えて身が竦《すく》みそうになった。

イヴァンはその話題には興味なげに首をゆらゆらと揺らしているだけ。しかし先輩はイヴァンをしっかりと見据えている。

「でも、俺たちが森に行った時には〈エーテル〉は無事だった。つまり、あんたは見つけられなかった。違うか？」

「言うね、後輩」

「あんたは一体どうしてここに来たんだ。〈アルカイド〉がどうして教会に用がある?」

「ようやくその質問か」

イヴァンは大仰に両手を広げた。

「〈アルカイド〉の目的はただ一つだ。魔術師狩りだ。俺たちはより優れた魔術師を狩るんだ。古い魔術を奪い、新しい魔術を作り出す。古いものを淘汰《とうた》するのは自然の摂理だ。〈はじまりの魔術師〉のように新しい世界を創る。それが俺たちの目的さ」

この男の話は一体何が真実で嘘《うそ》なのか分からない。どんな目的があってもあんな悲劇を積み重ねて何の意味があるというのか。

「ご高説どうも。だがあいにく俺たちはそんな崇高な思想を語れる程、まともな授業を受けていないんでね」

先輩が後ろに隠した片手には、小瓶が握られている。氷楔《ひょうせつ》魔術で脱出を画策しているのかもしれない。

「まだまだ甘いな、後輩」

思惑を見抜いたイヴァンの掛け声で、地面がぐらぐらと揺れた。とてつもない巨大な何かが地下から現れるような地鳴りがする。床がガラスのようにバリバリと割れ足元が崩れ始めた。立つことすらままならず、私と先輩の間に赤く光る地割れが走った。

「先輩!」

「シャル、俺から離れるな！」

先輩の伸ばした手は私には届かない。

爆発音と共に教会ごと燃やされ、火と油の臭いに満ちる中で私は蹲《うずくま》るしかなかった。

「どうした、雨を降らして火を消せよ。魔術が使えないって噂《うわさ》は本当だったんだな。いい様《ざま》だ！」

イヴァンは高らかに笑いながら、宙に浮かぶ瓦礫《がれき》の上を優雅に歩いている。

彼の部下と思《おぼ》しき、ローブを纏《まと》った魔術師たちが数人現れ、すかさず先輩を拘束した。

「放せ、この！」

「先輩！」

私の手には先輩が咄嗟《とっさ》に握らせた万年筆がある。先輩は「今すぐ使え」と目で訴えているが、今使えば私だけしか学院に戻れない。

「転移の魔術で逃げようとしても無駄だ、〈雨の魔術師〉」

「――――っ」

イヴァンは私の背後に立ち、手首を捻《ひね》って万年筆を奪った。

「ここには停止の術式が組まれている。転移はおろか、この男の氷楔魔術も使えない」

おかしい。

あまりにも用意周到すぎる。先輩の扱う魔術さえも把握しているなんて。

「俺たちと来い、〈雨の魔術師〉」

「────え？　私？」

イヴァンは満足気に笑みを浮かべ、私に顔を近づけた。

「気が付かなかったか？　この教会の依頼は俺の偽装だ。あらかじめ教会に魔術を仕込んでおいたのも、全部はあんたをおびき出すため。アドラーと関わりがある場所を選んだら案の定だ」

エサをぶら下げて檻《おり》に捕らえられた獲物のように、私はまんまと罠《わな》にはめられたのだ。

「俺の狙いは初めからあんただったんだよ、ユーフォルビア！」

イヴァンは万年筆を握りつぶし、燃やして灰にした。

「────っ」

二度目の地鳴りで崩れた教会の瓦礫が宙を舞い、瞬時に巨大な飛行艇へと姿を変えた。

この教会そのものが魔術で〈ゴーレム〉に造り変えられていたのだ。

「俺たち〈アルカイド〉はより優秀な魔術師の体を求めている。その心臓、その血、その目は〈エーテル〉以上の価値がある。どうせ学院に居場所もないんだろう？」

「どうして、そんなこと」

イヴァンは私を無理やり引き寄せ、肩を執拗《しつよう》に撫《な》で回した。

「俺には分かる、何でもな」

「そいつらの話を聞くな、シャル！」

怖い。でも恐怖で言葉が出てこない。

「〈アルカイド〉はお前を生きて帰さない！　俺のことはいいから逃げろ！」

「で、でも。先輩！」

「そいつを黙らせろ」

イヴァンの合図で、控えていた巨漢の魔術師が先輩の腕を軽々と摑《つか》み上げた。その膂《りょ》力《りょく》は魔力が源になっているのだ。ごきり、と嫌な音と声にならない叫びに私は背筋が凍った。腹部を蹴り上げ地面に叩《たた》きつけ、立ち上がれない程に痛めつけていく。

「先輩！」

「もう片方も折ってやれ」

「やめてください！　言う事を聞きますから！」

「――――シャル」

「あなたたちについて行きます。その代わり、その人を傷つけないで！」

イヴァンは片手を挙げて制止の合図を送った。

「いいだろう。だがそいつにはしばらく眠って貰《もら》う」

「最後にお別れを言わせてください」

イヴァンは私から距離を置き、わざとらしく憐《あわ》れむように眺めている。

私は痛みで蹲る先輩の元へ歩いた。

この覚悟が私に出来る最後の選択だ。

一人荒野に置いて行かれたような孤独に似たこの感覚は、先生が私の前からいなくなったあの日と同じだ。

昔と違うのは私のこの選択で先輩だけは助けることができる。

私は先輩の前にしゃがみ、顔を近づけた。

「お別れです、先輩」

「待て………。行くな、シャル」

先輩は折れていないほうの手で私の手首を摑んだ。

「シャル。俺は、まだお前に――」

「ありがとうございました、ユエル先輩」

私は摑まれたその手を解いて指を握り返して目を瞑《つむ》った。

身の破滅が近いというのに、どうして安心するのだろう。

あなたなら、きっと私の知らないこの感情の名前に気づいてくれる。

＊

メーテル地方にあるリンゴ農園。それが俺の故郷だ。

鬱陶しく感じる程の晴天はもう何日続いただろう。数えることが億劫《おっくう》になるくらい、焼けるような日照りの日々が続いた。地面は割れて、川は涸《か》れ果ててもう久しい。

過去に類を見ない干ばつだと、大人たちは言っている。

両親は今年の冬が終われば、この地を離れると言っていた。父の祖先が今まで守って来たリンゴ農園を手放すことに決めたのである。同じくリンゴ農園を守り育ててきた村の皆もこの干ばつに肩を落としていた。

最悪の夏だ。

ある日の昼間。俺は数本残った最後のリンゴジュースを売りに長い道のりを歩いていた。

「はああ。こんなことをしても少しの足しにもならないのに」

一本道の反対側から歩いて来る一つの影に目を凝らした。

ヒナゲシのような赤い雨傘をさし、ぽてぽてと歩く小さい子ども。

きょろきょろと落ち着かない様子で、一日で迷子だと分かった。きっと観光に来た親とはぐれてしまったのだろう。

「なあ、おい」

「…………」

それは俺よりも幼い少女だった。緩く編み込んだ黒髪の三つ編み。日焼けしていない白い肌。大きくて零《こぼ》れそうな水色の目に、見とれてしまった。澄んだ水の色だ。

少女は無言のまま俺を見上げた。

レインブーツにレインコート。この真夏の中で暑苦しいその恰好《かっこう》は自殺行為も同然だ。

「お前、親は？」

「…………」

俺の問いに少女は首を傾《かし》げた。

「じゃあ、名前は？」

「しゅる」

「え？　何。しゃりゅ？」

「しゃるむ」

「…………」

滑舌悪すぎ。自分の名前もまともに言えないのか。まあ、別にいいか。俺は聞き返すことが面倒になった。行きずりの相手だし、名前なんて覚えなくていい。

「歳は？」

「…………」

少女は傘をわざわざ下ろして両手を広げ、両手で三本ずつ指を立てて見せた。

「え、六歳？」

「うん」

少女は大きく頷《うなず》いた。

俺と二つしか違わないのに、こんなにおぼつかないものなのだろうか。

炎天下を長時間歩いていたせいか、少女の頬は紅潮している。

俺はすぐに日陰に引っ張り込んで、汗で蒸れていたブーツを脱がせた。こんなところで熱と日差しで倒れられても困る。俺はリンゴジュースを一瓶渡した。

「ほら、これでも飲んでろよ。冷えてなくて悪いけど」

「これ、何？」

「リンゴジュース。今年採れた最後のリンゴだ」

少女は瓶の蓋を指先で引《ひ》っ掻《か》いては、首を傾げている。

「開かない」

「はあ。こうやって開けるんだよ」

ぽん、と瓶の蓋を開けてやると、少女は「わあ」と感嘆の声を漏らし、一口、また一口と飲んだ。

「おいしい！」

「そう？　そりゃよかった。でも、来年はもう採れないけどな」

「どうして？」

「もう、枯れたから。お前はリンゴの木を見に来たんだろ？　残念だったな」

この町にはリンゴ農園くらいしか観光するところはない。

「ううん」

「じゃあ、何をしに来たんだよ」

「雨を、連れて来たの」

「嘘《うそ》吐くなよ。お前が魔術師だっていうのか？」

「嘘じゃない」

俺は思わず立ち上がった。

「嘘だ！　何人も魔術師が来たけれど、雨を降らせるなんて誰もできやしなかった！　ほんの少しの水を作って、俺たちから金を巻き上げた！　魔術師なんて俺たちから金を巻き上げるだけじゃないか！」

俺は自分の言葉にはっとした。この子に怒りをぶつけても意味のないことなのに。

しかし少女は怒りも泣きもせず、きょとんとしている。それから背伸びをして俺の頭をよしよし、と撫でた。

「大丈夫。もうすぐ雨は来るから」

少女は西の空を指さした。

まるで指先から解けるように、ふわりと吹いた涼風。久しぶりに感じる、冷気を含んだ一陣の風は、俺の体に纏《まと》った熱を攫《さら》っていく。

深い水の底から湧き出るような、静かで厳かな水音が頭の中で鳴り響いた。

幻覚？　幻聴？　いや違う。これは魔術だ。

「あんた、一体」

俺の問いに少女はにこりと微笑《ほほえ》んだ。

少女はブーツを履き直し、レインコートを翻す。そして風を踏み、空に吸い込まれるように浮かんでいく。

少女が指さした空の向こうから、呼応するように突風が吹いた。

風は雲を連れて来た。浮かぶだけの薄い雲ではない。厚く灰色の雨雲だ。見渡す空を全て覆い尽くす程の大きな雲。

――雨が降る…………！


ぽつり。

顔を伝ったそれは間違いなく、水滴。

「雨だ」

小雨《こさめ》は次第に大粒の雨へと姿を変え、一瞬にして村を雨で包み込む。

村人たちは家から飛び出し、突然の雨に歓喜した。

少女は赤い傘をくるくると翻しては回って、雨と戯れている。

俺は雨よりも、空に浮かぶ少女に釘付《くぎづ》けになった。

最悪の夏は、俺にとっては忘れられない輝かしい季節となった。


そして少女が去った後も雨は三日降り続け、村の井戸にはたっぷりと水が溜《た》まった。

その雨が降ってから、数か月の間にリンゴ農園は元の姿を取り戻した。

若芽が生え、葉が生い茂った。青く小さな実を葉の下から見つけた時は、家族揃《そろ》って抱き合ったものだ。

それからリンゴ農園には甘く熟したリンゴが山の如《ごと》く実った。

あの少女が来た日を境に、メーテル地方は以前のように数日に一度雨が訪れるようになった。

もったいないくらいにリンゴが実って、干ばつで諦めていたお祭りにもふんだんにリンゴを使い、お祝い事には食卓を贅沢《ぜいたく》に出来る程にまで村は立ち直った。

俺たちはこの土地を離れなくて済んだのだ。全てはあの少女が、この土地を訪れたからに他ならない。

「ちゃんと、名前を聞いておけばよかった」

リンゴの赤い皮を見る度に、少女がさしていた赤い傘を思い出す。

たった一つの魔術で、最悪の状況を一変させた奇跡のような力に、俺はどうしようもなく憧れた。あんな風になれたらどんなに素敵だろうと。

それから俺は、メーテルの中でも名高いルイコ・ラプリツィエルという魔術師の元を訪ね、無理やり弟子となった。

「どうしても、会いたい魔術師がいるんだ」

憧れた魔術師は十歳にして〈雨の魔術師〉という二つ名を貰い受け、一躍有名となった。シャル、と覚えていた彼女の本名はシャロムニーア・ユーフォルビア。少女は〈はじまりの魔術師〉である名家の生まれだったのだ。

そして、各地を転々としては才能を遺憾なく発揮し、天才少女と呼ばれるようになった。

自分が魔術を多少扱えるようになっても、血筋と才能の差は歴然。あの少女は未《いま》だ遠い存在なのだと改めて思い知らされた。このまま地道な修行をしていては、距離は縮めることは出来ないと気が付いた時、俺は居ても立ってもいられなかった。

俺は師匠の反対を押し切り、〈討伐隊〉に入隊して三年の歳月を過ごした。その後学院に編入の権利を獲得し、魔術師ユールレイエン・ティンバーはその門を叩《たた》いた。

学院生活が始まり暫《しばら》くして、憧れの魔術師に思いがけず再会した。

彼女には以前のような力はなく、不幸そうで、自由とは程遠い生活をしていた。ショックを受けなかったと言えば嘘になる。

寄り付かなくなった師匠をいつまでも信じて慕っていることをシャルに確かめる度に、俺はアドラーに怒りと嫉妬を覚えた。たとえ俺がアドラーに敵《かな》わなくても、せめてこの呪いは解いて先に進ませてやりたい。

シャルは想像以上に面倒くさくて、目が離せなかった。

年相応の女の子みたいに怒るし、妖精や精霊にはとても甘い。

食べることが大好きだったのは意外だった。

この上なく手が掛かるのに、彼女の行動の一つ一つに一喜一憂するのは悪くない。

目を離せば、雨上がりの虹のように儚《はかな》く消えてしまいそうで、それが俺には怖かった。

時々しか見せない笑顔を思い出す度に苦しくなる。

——きっと俺はもう、惹《ひ》かれていた。

昔ではない、今のシャルにも。

たった三つの依頼なんて一緒に過ごすには少なすぎる。呪いを解いて魔力を取り戻したら、あの時のお礼を言おう。

鉄の焼けた臭いが充満し、傷の痛みがじくじくと体に残る。

「俺はまだ、お前にお礼を言っていないよ、シャル」

手に残る魔術痕を手繰り寄せた。

俺の体はまだ動く。

第五話：雨の魔術師

夜が更けて飛行艇は上昇した。

飛行艇内では二十名以上の〈アルカイド〉の構成員が闊歩《かっぽ》している。

彼らは私が物珍しいのか、それとも嘲笑するためか、舐《な》めるように見てくる。

上空、その上この人数の魔術師を前にして逃げるのは難しい。

元の力さえあればと悔やまずにはいられない。

貨物室と思われる薄暗い部屋に引きずられた。

足枷《あしかせ》を付けられた私は、鳥籠のような大きな四角い牢屋《ろうや》に投げ込まれた。

イヴァンの部下たちは嘲笑した。

「なあ、イヴァン。あの男を捕らえなくて良かったのか？」

「あいつは売っても価値がない。もっともこの女にもその価値があるかどうか怪しいがな」

「違いない」

「お前らは先に戻ってろ」

イヴァンは一人残り、何かを心待ちにしていたかのように私を見下ろした。

「なあ、アドラーの弟子」

「…………」

沈黙を貫く私に、イヴァンは私の襟首を掴《つか》み上げた。

「俺がどうしてお前を狙うか知りたいか？　当ててみろよ」

「私が、ユーフォルビアだから――」

イヴァンは愉快そうにいや、と首を横に振った。

「お前がアドラーの弟子だからだ」

異なる色の目をギラつかせ、悪魔のように口角を吊《つ》り上げた。

「上級魔術師になるためにはどんな条件があるか、お前は知っているよな？」

魔術師が特例として上級となるためには十分な実績があり、上級以上の魔術師から推薦を受ける必要がある。そして上級魔術師の質を落とさないため、一度に上級になれる魔術師の数には限りがある。そのため、一人も選ばれない年もあるという。

「師匠は俺を上級にさせると約束した。なのに、俺は上級に選ばれなかった。何故《なぜ》だか分かるか？　その年に他に上級になる魔術師がいたからだ。そしてある魔術師が特別に選別されることになった。それがアドラーが推選したお前だ」

「先生と私？」

「俺の師匠も、他の魔術師も自分の推薦を取り下げた。アドラーを恐れた協会はお前だけを上級魔術師に認定したんだ」

「どうして？　実力があるのなら次の年も推薦を貰《もら》えるんですから」

「お前をいたぶる理由にはならないって？　たった一度で十分だ。あんな屈辱はな！」

イヴァンは足枷の鎖を引っ張り、私の髪を摑んで顔の近くまで引き寄せた。

――こんなのただの逆恨みだ。

「これが何か分かるか？」

イヴァンが取り出したそれに私は背筋が凍った。

重厚感のある鉄の塊、手に馴染《なじ》むような複雑なフォルム。私はそれを教本でしか見たことがなかった。火薬と鉄の弾が込められた武器。

拳銃だ。

「そんな。火の魔術師にはその製造を禁止しているはずです」

「遠い昔の歴史なんか知ったことか。協会の下に居たんじゃこれは造れなかった。これは特別製のこの腕があって初めて造れる」

イヴァンは右腕の袖をまくり、腕を見せた。肘から手首まで赤い根のような複雑な魔術刻印が施され、特殊な構築情報が刻まれていた。異質で禍々《まがまが》しいその腕からは強い火と油を凝縮させた臭いが立ち込め、私の喉を搔《か》きむしるように胃の中へと渦巻いて落ちていく。

「元持ち主は、今はお前らに魔術師の倫理を説いているんだってな。皮肉なもんだ」

倫理学？　サーチグレイス教授のこと？　じゃあ、まさかあの教授が腕を授けたその弟子がこのイヴァン・ペイスティングだというの？

「まさか、教授が弟子に自分の腕を与えたって噂《うわさ》は――」

「ああ。自分の弟子に腕を奪われた恥を隠すために、そういう美談にすりかえたのさ。もったいないだろ、宝の持ち腐れだ。活用してやることに感謝して欲しいくらいだ」

イヴァンはこれ見よがしに拳銃を手の中でくるくると回している。

魔術師の禁忌を犯し、師を裏切ることも厭《いと》わず、平気で他者を傷つける。

どうしてこの男が上級魔術師に選ばれなかったのか腑《ふ》に落ちた。先生はこの残虐さを見抜いたに違いない。そしてサーチグレイス教授もそれを承知して、推薦を取り消したのだ。

「私と先生のせいであなたは上級に選ばれなかったと言ったけれど、それは違います。先生はあなたのその歪《ゆが》んだ野望を見抜いていた。だから昇級させなかったんです」

「――分かってないな」

イヴァンは冷たく睨《にら》みつけ、私の襟首を再び乱暴に掴み上げた。

「――っ」

「今の俺はただ、自分が楽しければいい。あの時の屈辱は、お前をいたぶって晴らせばいいんだ！」

掴んだその腕に魔力が流れ込み、私の服を襟元から焼き焦がした。その炎は蛇のように絡みつき、私の髪の先と首元を焼いた。

「────っ」

「あんたは競売会に出す。それまでに相応《ふさわ》しい恰好《かっこう》に着替えておけ」

私は睨むことしかできず、そんなみじめな私を見てイヴァンは満足気に笑った。

＊

焼け焦げた服では気分が悪い。あの男の油の臭いがべっとりと染みついている。

悔しいが新しい服に着替えるしかない。牢屋の隅に投げ入れられた、膝丈まである長い白いシャツを上から被《かぶ》ってから、私は蹲《うずくま》った。

誰もいない冷たい牢屋の中で、私はただ時が過ぎるのを待った。

調理される前の食材はきっとこんな気分なのだろうか。

何とか隠していたストームグラスも、このままでは取り上げられてしまう。

でもあの男の言いなりになるくらいなら、喉を掻き切って死んでしまった方がマシだ。

競売にかけられる前に自死する方法を考えても思いつかない。でも抵抗できない魔術をかけられてしまえば、今の私には逆らう術がない。

捕まってからもう一日は経《た》っているだろう。

先輩はちゃんと学院に戻っているだろうか。酷《ひど》い怪我《けが》もしていたけれど大丈夫だろうか。

もしかしたら私の行動に呆《あき》れているかもしれない。ああ、そういえばリンゴジュースの人にもお礼を言えていない。

「こんなことなら、もっとたくさん先輩と話しておけばよかった」

後悔ばかりでここ二か月過ごした日々が思い返される。

ごうん、と床が大きく揺れて飛行艇がどこかに停泊していることが分かった。

これだけ大きい飛行艇なら、貯蔵している魔力だけでは長く飛び続けることが出来ないのだろう。

ああ、あと何日こうして過ごさなければならないのか。これから先のことを想像して怯《おび》えるより、何も考えなくて済むように眠ってしまおうと私が目を瞑《つぶ》ったその時だった。

「よう、待たせたな」

「え？　先輩？」

天板の上から逆さまにひょっこりと現れたその人に私はぎょっとした。

まるで買い物の待ち合わせに遅れた友人のような気軽さで、私に笑顔を向けた。

「どうして、先輩が」

たった一日だけなのに、もう何年も会っていなかったみたいだ。

先輩は魔術でナイフを作り、まるで紙を裂くように檻《おり》を斬り落とした。私を見下ろした先輩は目を大きく見開き、肩を摑んで立たせた。

「お前、髪どうした？　ちょっと焦げてるぞ。服も………。おい、火傷《やけど》か、これ」

「だ、大丈夫ですから！」

「そうか。後で髪整えてやるよ」

「先輩どうしてここに？」

先輩は火傷治しを私に付けながら、首元にあるチェーンを軽く引っ張った。

「ストームグラスに俺の氷楔《ひょうせつ》魔術の痕跡が残っていたんだ。それで蜘蛛《くも》の糸みたいに辿《たど》って来た。この形の飛行艇が飛び続けるには限界がある。どこかの停泊所で停《と》まるだろうと踏んだんだ。近くの支部に緊急連絡を送ったけど、応援が来るかどうかは正直賭けだ」

「いえ、どうやってではなくて。どうして私を追いかけて来たんですか」

それも一人で乗り込んで。時間がかかっても協会に伝達すればいいだけなのにそうしなかった。私の問いに先輩は首を傾《かし》げて答えた。

「放っておくなんて寝覚めの悪いこと、するわけないだろ」

どうにも私の足枷が丈夫らしく、先輩は斬るのに苦戦していた。

「怒ってないんですか？」

「怒ってる。めちゃくちゃな」

――分からない。先輩がそこまでしてここに来てくれた理由が。

「でも俺が逆の立場だったら同じことをしただろうから、お前の覚悟には怒ってない」

「へ？　えっと。あ、ありがとうございます？」

何だか褒められた気がして照れてしまう。

「いや、褒めてない。何で嬉《うれ》しそうなんだよ」

ぽこ、と先輩は私の頭を軽く叩《たた》いた。

「火傷の痕は残らなそうだな」

「ありがとうございます。先輩の腕は、大丈夫、じゃないですよね」

骨を折られていたはずだ。医術に特化した魔術師でなければ一日で骨をくっつけるなんてできるはずがない。

「ああ。魔術で無理やり繋《つな》いでいるだけだ。だから抱きかかえて走るなんてロマンチックなことは期待するなよ」

「し、してませんよ！　自分で走れます！」

「その意気だ」

先輩はにっと笑い、足枷を魔術で切った。

「それより、怖かったよな。よく耐えた」

先輩はぽん、と私の頭を撫《な》でた。

「え？」

驚くくらい先輩の眼差しが優しくて心臓が跳ねた。

「あ、あの先輩。前から聞きたかったんですが」

「え、何？　今？」

「どうしていつも私を助けてくれるんですか？」

目を丸くした先輩は、一人で納得したみたいに笑った。

「そんなの理由は一つだ」

「一つ？」

「全部終わったら教えてやるよ。今教えたらフェアじゃないからな」

フェアじゃない？　別に私は先輩と争っているわけではないのだが。

「忘れてた。今のうち渡しておく」

「あ、私の傘！」

てっきり教会が崩壊した時に失《な》くしたと思っていたのに、先輩が拾ってくれていたんだ。

「俺と再会した時より喜んでないか？」

「そ、そんなつもりはないです！」

それから私たちは先輩が通って来たダクトを通り、梯子《はしご》を下り上り、飛行艇の外を目指した。人目を避けなければならないため、扉や廊下は使えない。

停泊所は雲の中に隠れる程高い所にあった。足を踏み外せば谷の底に真っ逆さまだ。魔術協会の目が届かない秘密の場所なのかもしれない。

停泊所には人気がなく、イヴァンの部下と思《おぼ》しき者たちだけが荷運びとその確認をしている。

教会で対峙《たいじ》した人数よりも遥《はる》かに多い。〈アルカイド〉は想像以上に大きな組織なのかもしれない。

「よし、今だ」

荷物が運び終わった瞬間を狙い、私たちは天井扉から外のデッキを周りタラップへと向かった。その時だ。

「そんなに急いでどこに行く?」

「――――っ」

その声の主に私は背筋が凍った。私たちの目の前に進路を塞ぐようにして立っている一人の男。愉快そうに喉を鳴らして、じりじりと近づいて来る。

「檻を壊したのは不正解だったな、後輩」

「しつこい男だな、あんた」

「それはお前だろ、後輩。一人の女をつけ回して」

「否定はしないけど、あんた程いやらしくはないさ」

先輩は腰に着けた〈革袋〉に指先を伸ばした。

「俺と真っ向勝負する気か？　〈討伐隊《ハイランダー》〉なら先輩である俺の実力は知ってるだろ？」

「だったら？」

「つまり、俺に倒される覚悟でここに来たってことだな？」

言葉通り、火蓋が切られた。

イヴァンは間髪を容《い》れずに火の魔術を放ち、私たちを逃がすまいと蛇のように捕らえる。

鉄と油が混じったような強い臭いに喉が焼けるようだった。

「――――っ」

先輩が咄嗟《とっさ》に張った結界は水蒸気のように蒸発した。

盾を作りながら逃げるが、強すぎる火力は一瞬で氷楔魔術を解かしてしまう。このままでは防戦一方だ。

この人の魔力量、尋常じゃない。魔力の枯渇を気にせず得意な魔術を思う存分使えるということは魔術師にとってのデメリットが限りなくないに等しい。

先輩もそれに気が付いたのだろう。無理なカウンターはせず私を引っ張って走った。

突然、飛行艇が動き出し上昇していく。

「え？」

「くそっ」

　イヴァンが部下に合図をしたのか、これで私たちはデッキまで追い込まれ、また逃げ場を失った。

「氷楔魔術は便利だ。だが大きな弱点がある」

　イヴァンは愉快そうに異なる色の双眸《そうぼう》で私たちを見下ろした。

「液体が尽きたら、何もできない。そして、持ち歩く小瓶は魔力が少ないことを露呈しているようなもんだ」

　蛇の形をした炎は執拗《しつよう》に先輩の腕を狙う。

「――――ぐっ！」

「ああ、お前。そうか、魔術師の血を引いてないのか」

　蛇が吐いた火の玉をナイフでいなすが、反動で弾《はじ》かれて倒れた。

「先輩！」

　私が魔術を使えたらこんな炎、消してしまえるのに。

「そこまでして守る価値のある女なのか、そいつは。憐《あわ》れだな、弱い魔術師は！」

　イヴァンの合図で高熱の炎を纏《まと》った蛇が噛《か》みついた。しかし、私には怪我も火傷もない。

　厚く張られた氷楔の結界に包まれていた。

　先輩は腕と額から血を流しながら、私を前に出さないよう手で押え、ゆっくりと立ち上がった。私を庇《かば》うせいで余計に魔力を消費させてしまう。

「憐れだな、イヴァン・ヘイスティング」

そして何にも怖くないみたいに、先輩は不敵に笑う。

「あんたは知らないんだろう。たった一つの魔術で全てがひっくり返る奇跡を。こいつにはそれができる」

――私が、奇跡を起こした魔術師？

「なら証明して見せろよ、後輩」

イヴァンは懐から拳銃を取り出した。

その銃口は私に向けられている。戦う術も守る術もない私は一瞬にして恐怖で足がすくんだ。

「――っ、シャル！」

それに気が付いた先輩が強く私の腕を引っ張り、私を後退させた。

ターン　ターン
二発続けて長く空に響く音。

氷楔の結界がガラスのように砕け散り、先輩はデッキに倒れた。

「――ユエル、先輩？」

私は目の前の光景に眩暈《めまい》と耳鳴りに襲われて、全身の力が抜けて崩れ落ちた。

――そんな、私を庇って……。

「先輩！」

銃弾に撃たれて倒れ、先輩は動かない。肩と腹部に滲《にじ》んだ血の色。

「ほら、起こして見ろよ。その奇跡とやらを――――」

イヴァンがつかつかと近づいてきて、私は咄嗟に先輩に覆いかぶさった。

「や、やめてください」

「嫌だね」

私を蹴飛ばしたイヴァンは笑いながら、弱々しく悶《もだ》える先輩の服を摑《つか》み上げた。

「やめて！」

イヴァンは為《な》す術のないその人をデッキの下へと落とした。

「――――っ、先輩！」

気が付けば喉が裂ける程私は叫び、彼の後を追うようにデッキの上から空中へと飛び降りていた。

風圧が私の体の自由と視界を奪っていく。

先に落ちた人にどうしても追いつくことはできない。重力は無慈悲に地上へとその人を吸い込んでしまう。

――――ダメだ、届かない！　このままじゃ、本当に先輩が死んでしまう。

本当に大事な時に、あれだけ使っていた魔術を何一つ使うことができないなんて、私は無力だ。

どうして先輩は何度も私を助けてくれたのだろう。

『――そんなの理由は一つだ』

先輩が私を助けてくれる理由、私はまだ聞いていない。

どうして私はこの人を失いたくないと思うのだろう。身も心も千切れそうな程に怖い。

先生が私の傍《そば》を離れた時よりもずっと。

雲に呑《の》まれて消えてしまう。

「――っ」

嫌だ。このまま分からないまま終わってしまうのも、失ってしまうのも――。

『理由を知りたければ、生きて前を向かなければ。想像するんだ、君の未来を――』

私の耳元で誰かが囁《ささや》いた。私の頭の中にいる、穏やかで優しい声。

それは、寝物語を聞かせてくれる先生の声にとてもよく似ていた。

そうだ。

この先を知るためには、自分のこの気持ちの名前を知るには、私が変わらなくては。

囁く人は再び語りかける。

『君は自分のためにしか魔術を使わなかった。強い力を持っていながら、誰かを思って魔術を使う大切さを忘れてしまった』

ああ、そうか。だから先生は私から離れてしまったんだ。

伸ばした私の手にはいくつもの雫《しずく》が引き寄せられた。

雫の中に、走馬灯のようにこの二か月が映し出された。

美味《おい》しい物を作ってくれて、からかって。

列車に飛び乗ったりゴンドラに落ちて来たり、私を驚かせて。

先輩はいつも私を気にかけて、当たり前のように駆け付けてくれる。

白くて柔らかい髪、引き込まれるようなあなたの目の色。

私は何もかも手放したくない。

――いつか答えが分かったらボクに教えておくれ。

先生の言葉が今になって私に問いかける。

『さあ、ここに答えを』

「探します。ちゃんと、自分のために生きる意味を、誰かのために魔術を使う意味を。もし私の力がこの人を助けることができるなら、何を代償にしても構わない！」

『正解だ』

何かが割れて弾けるような音がして、私に青色の世界が戻って来た。

静寂。


気が付くと私は白と青の世界にいた。

真っ青な空と柔らかい白い雲。

私は空を鏡のように映した果てなく続く湖に、仰向けに寝そべっていた。

私の傍らには先輩が眠っている。

「――――先輩」

私は重い身体《からだ》を起こして、その人の胸元に耳を当てた。とく、とくと聞こえる心臓の鼓動にお腹《なか》の底がじんわりと熱くなるのを感じた。

「よかった」

安堵《あんど》のあまり、私の声は震えていた。

気絶しているだけだ。私はちゃんと先輩を助けることが出来たのだ。

失うことがなくて本当に良かった。先輩の手を今度はしっかりと指を絡めて握った。

天の水に満ちたこの景色。ああ、そうだ。これは私のかつて持っていた魔力の景色。

長い間私から離れていた、冷たい風と水が私の体を包んだ。私の雨が帰って来たのだ。

「おかえりなさい」

こぽこぽと泡のように浮いては沈む雫たちを手ですくい、先輩の傷口へと落とした。天の水は傷を癒《いや》してくれる。青白かった顔色が次第に良くなっていく。

風に揺れるやわらかい白い髪と子どものような寝顔。このままこの人が目覚めるまで眠ってしまいたい。

でも、私にはまだやるべきことがある。私は先輩を雲の絨毯《じゅうたん》の上に寝かせた。

立ち上がり、傘を広げ、飛び立つ飛行艇を追った。

あの男、イヴァンはまだデッキの上にいる。

宙に浮かぶ私を見たイヴァンは目を丸くした。

「魔力を取り戻したか、〈雨の魔術師〉」

ああ、そうか。私を見透かし、全てが先手を打つような魔術の使い方には理由があったのだ。

「その右目の魔眼だったんですね」

どうしてそんなにも魔術師として恵まれていながら、たった一度の挫折で逆恨みして、師から腕を奪い、こんな下衆《げす》な魔術師に身を落としてしまうのだろう。しかし同情してやれる程、私の怒りは収まっていなかった。

「わざわざやられに戻って来たのか？」

「いいえ。あなたへ報復するためです。あなたは罪のない精霊に呪いをかけて、そして私の大事な人を傷つけた」

「雨を降らすだけの魔術で一体何ができる！」

銃口を向けられても、雨を連れて来た私に怖いものはなかった。

私は想像するだけでいい。

放たれた銃弾を、滝のように降る雨が削り取り破壊する。まるで鉛筆を削るみたいに、雨粒は刃となって細かく刻んだ。

「化け物か――――」

「今更気が付いても遅いですよ」

「俺を、俺を見おろすな！」

私に放たれた無数の炎の渦は、私に届く前に宙で霧散した。

「あり得ない！　たかがこんな小雨《こさめ》で俺の火の魔術が消せるわけがない！」

ただの雨なら確かにそうだろう。

「何だ、これは！」

雨を体に浴び、イヴァンは悲鳴に似た叫び声を上げた。

私が降らせた雨は拳銃も腕も赤く錆《さ》びつかせて、どんなに強くぬぐっても落とすことは出来ない。

「おい、出てこいお前ら！　あの化け物を灰にしてしまえ！」

部下がぞろぞろと出てくるが、私を見つけるなりバタバタと倒れた。

「無駄です」

「――――っ、睡眠魔術か」

「私は〈雨の魔術師〉です。雨があれば何でも選ぶことが出来る。癒すことも、錆びつかせることも、全てを眠らせてしまうことも――」

無謬《むびゅう》の雨粒が、宙で一つの束になりイヴァンの手足を絡めとる。

「落ちてください、イヴァン・ヘイスティング。これが、多くを傷つけたあなたへの報いです」

後は雨で作った深い眠りが沈む雫を、彼に落としてしまうだけ。

眠るように稼働しなくなった飛行艇と共に谷の底へとイヴァンは落ちていく。

私はぼやけた視界の中でそれを見た。

脱力感と疲労感に襲われながら、私は最後の力を振り絞って、先輩が眠る雲の絨毯を引き寄せ、地上へと下りた。雨で先輩を冷やしてはいけないと大きな木を見つけてその下へと歩き、そこで私の力は尽きてしまった。

先輩の心臓の鼓動と、雨が葉にぱらぱらと弾《はじ》かれる音。

ああ、なんて心地いいのだろう。

私の意識は夢の中へと落ちていった。

「よく頑張ったね」

先生の声がしたけれど、きっとこれは夢に違いない。

第六話：贈り物

俺は空が映る鏡のような湖の上に立っていた。

明るい空の下なのに、雨が降っている。

湖の真ん中で両手を広げて踊りながら歩く少女がいた。〈雨の魔術師〉と呼ばれる前の幼い姿。ああ。きっと魔力を失う前の彼女はこんなにも自由で、楽しそうだったんだ。

少女はこちらに気が付くと少し微笑《ほほえ》んで、また振り返り歩いていってしまった。

また遠くに行ってしまう。俺はその少女の名を叫んで追いかけた。

「――――シャル！」

自分の声に目を覚ました。

「夢？」

ここはどこだ？　真っ白い天蓋に囲まれ、清潔なベッドの上にいる。

病人みたいに白い寝巻を着ているし、革手袋はない。誰かに看病されているのだろうか。

レースの天蓋に囲まれていて周りがよくは見えないが、枕元には明らかに高級な調度品が揃《そろ》えられ、ますます俺を混乱させた。

天蓋の隙間から見える限りでは、ソファに本棚、暖炉。ガラス張りの天井には澄んだ青色の空が広がっている。病室でもなければ宿でもない。高級感が漂うまるでリゾートのホテルの隠れ家のような場所だ。

「やあ、お目覚めかい？」

深く澄んだ囁《ささや》く声。静かで厳かな佇《たたず》まいの影が現れた。

金髪碧眼《へきがん》の美少女だ。たっぷりとした金髪を三つ編みにして、つばの広い三角帽子を被《かぶ》っている。喪服のように真っ黒な衣装だ。少女の容姿なのに少女らしい仕草ではない。碧眼にはいくつもの青色が溶け込み不思議な色をしている。

人間離れしたようなその目に、俺は一瞬で畏怖した。

魔眼がなくても分かる程のあふれる魔力、まるで見透かしたような目つき。

一体この少女は誰だ。只者《ただもの》ではない雰囲気に、俺の心臓は警鐘を鳴らした。

またどこかに捕らえられたのか。

「ここはどこだ！　シャルは？　一緒にいた女の子は？」

「大丈夫だよ、そこにいる」

つい、と天蓋が少女の魔術で浮いて、窓辺に置かれた寝具で眠るその人を指さした。

「――――っ」

ベッドから転がり落ちた拍子に、肩と腹部に激痛が走り、そこでようやく自分が重傷だったことに気が付いた。

「いくらあの子が治癒したとはいえ、傷は深い」

「シャルが治した？」

「ああ、そうだよ。とはいえ、無理しなくていい。ベッドから落ちて死んだら笑いものだ」

金髪の少女は俺を軽々と魔術で浮かせて、傍《そば》にあった椅子を持ち上げて、シャルの傍らに座らせてくれた。

「どうしてシャルが寝ているんだ？　怪我《けが》したのか？」

そうだ。イヴァンと闘って、それからどうした？

霞《かすみ》がかかったようにその後の記憶がぼんやりとしている。

「久しぶりに大きな魔術を使ったからその反動だね。疲れてしまっているだけさ」

少女はあっけらかんと答えた。

「魔術を使った？」

俺は慌ててシャルの手に触れた。

ああ、間違いない。

彼女の中には間違いなく魔力がある。瑞々《みずみず》しく、そして力強い魔力だ。

あの歪《いびつ》な感覚が残留していた呪いの気配もない。

深く長い安堵《あんど》のため息が自然と漏れて、何故《なぜ》だか涙が溢《あふ》れそうになった。緊張の糸が切れたのか、それとも報われたような気がしたのか、きっとその両方だ。目が覚めたらすぐにでもシャルに伝えたい。

「怪我はしていないんだな？」

「ああ。問題ないよ」

「あんたが助けて、くれたのか？」

「まあ、そんなところかな」

「今はいつだ？　ここは？　俺はどれくらい、寝ていた？」

「おやおや、だいぶ混乱しているね」

少女は慌てる俺を他所《よそ》に、脚を組んで優雅に紅茶を飲んでいる。その悠長さに俺は苛立《いらだ》ち声が荒立った。

「いいから答えてくれ！」

「まあ、待ちたまえ。順を追って説明しよう。ここは魔術学院ドラクロウだよ」

「そんなわけないだろ、こんな部屋が学院に存在するはずない」

「そんなわけあるよ。だって、ここはボクの部屋だもの」

「は？」

「正確には隠れ家だけれどね。今は学院の七不思議なんだっけ？　いやあ、人の部屋を勝手に七不思議扱いされてもねえ。有名になるのも考え物だね、困った、困った」

全く困ったように見えない。自分が面白くなるように人の話をアレンジして楽しんでいる、まるで道化のような言い方だ。

創設者の隠れ家。学院の七不思議の一つと聞いて思い当たる一人の人物。いやだけれど、そんなはずはない。だって――――。

「あんた、一体誰なんだ」

「ようやくその質問かい？　ボクを知らないなんて、君は本当にここの学生かな？」

少女はとんがり帽子を取って、にこりと笑った。

「ボクはアドラー。皆が〈時の魔術師〉と呼ぶ者さ」

この世界で最も恐れられた魔術師の一人で、時を自在に操る〈時の魔術師〉。何百年生きたとされる魔術師が、こんな幼い少女のはずはない。シャルよりも幼く見えるのに――――。それに何より、女性だなんて。

「だって、アドラーは男じゃ」

「ボクが男？　一体誰がそんなことを？」

「誰って、それは――――」

誰も言ってはいないが、誰だってそう思うだろう。老人ではなくとも、中年くらいの男性を想像していたのだ。

「思い込みだけで決めつけるのは魔術師にとって致命的な間違いだよ」

アドラーはにまにまと笑みを浮かべた。

一月前に俺がグラナート家のご令嬢に発した皮肉の言葉と全く同じ。まるで見て聞いていたかのようにアドラーは揶揄《からか》った。

「ははあ、成程。君はボクがしわしわのおじいちゃんと思っていたクチなんだろう」

「…………」

開いた口が塞がらず、俺は頭の中を整理するのに精一杯だった。

「他に質問はあるかな？」

じゃあ、今まで感じていた不安は？

シャルが尊敬していると言っていたのは、恋慕から来る感情ではなくて、一人の女性として憧れていたということなのか？

好きかどうかという問いに言い淀《よど》むわけだ。

「ちょ、ちょっと待ってくれ。あんたは間違いなくシャルの師匠なんだよな？」

「シャル、か。いい呼び名だね」

「…………」

「噛《か》みつくみたいに睨《にら》むなよ。安心したまえ、勝手に呼び名を奪ったりしないさ」

アドラーがシャルへ向ける目と慈愛の言葉はまるで我が子を思う母親のようだった。

「そう。ボクがこのユーフォルビアの子、シャロムの師匠だよ。この子にこの傘を贈ったのもボクさ」

アドラーはそれから知り得る限りの事の顛末《てんまつ》を語った。

俺の緊急連絡は魔術協会に向けられたものだったが、いち早く聞きつけたのはアドラーだった。

飛行艇は墜落したが、シャルが手加減したために乗船していた〈アルカイド〉の構成員は生存しており、アドラーの差配で〈討伐隊《ハイランダー》〉へと引き渡され、今は獄中にいるのだとか。

忌々しいイヴァン・ヘイスティングも生存しているが、彼らが起こした事件の数々は公にされず、関係者である俺とシャルにも緘口令《かんこうれい》が敷かれることとなった。

「君は本当に色々とこの可愛《かわい》い弟子の面倒を見てくれたみたいだね。改めて御礼《おれい》を言っておこう。まあ、今回の呪いが解かれたのは運が良かった。結果オーライだったよ」

──可愛い弟子？　運が良かった？　呪われていると知っていたのか？

その弟子を思う気持ちが本当ならそんな言葉が出てくるはずがない。

そうだ。〈アルカイド〉に狙われたのもシャルがアドラーの弟子だったからだ。一歩間違えれば呪いを解くどころか殺されていたのだ。それを、「運が良かった」「結果オーライ」なんて簡単な言葉で片付けてしまうのか？

こみ上げてきた怒りを俺は抑えられなかった。

「本当に、可愛い弟子だっていうなら。どうして、会いに来てやらなかったんだ！」

アドラーは驚きもせずゆっくりと視線をこちらに向ける。まるで怒りも想定内だと言わんばかり。その冷静さがますます俺を苛立たせた。

「魔力を失って、学院でどんな扱いを受けて来たか知っているのか！　あんたから貰《もら》った傘を何度も直して使っていた。大事なものだからって。アドラー、あんたが呪いをかけたから、こいつは魔術が使えなくなったんじゃないのか！」

「その通りだよ」

アドラーは否定も反論もしなかった。

「ボクがこの子の魔力を奪って魔術を使えなくした」

「――――何の、ために」

「ボクは魔力欲しさにこの子の力を奪ったんじゃない。この子は命を削ってまで魔術を使った。だから、魔術が使えないようにボクが呪いをかけたんだ」

アドラーは静かに不思議な色を帯びた青色の目を伏せた。

「この子はボクに褒めて貰いたくて、会いたくて、そのためだけに魔術を使って、干ばつで苦しむ町に行っては雨を降らせ続けた。通常、魔術は身体《からだ》に貯蔵されている以上の力を発揮出来ない。使い過ぎると身体が壊れてしまうから、自分自身でセーブする」

「魔力を制御するのは魔術師として当然だ」

魔力を使い過ぎた場合、その反動は身体に顕著に現れる。過剰な使用は代償を伴うのだ。手足の痺《しび》れ、眩暈《めまい》、貧血がその前兆として現れ、個人差はあるが多くの魔術師はそこでリスクを回避する。

「普通は、ね。だけれど、この子は貯蔵以上の魔術を使うことが出来た。血筋も才能もあったからね。この子は身体にかかる負荷の前兆を無視した。あのまま使い続ければ、大人になる前に死んでいたかもしれない」

アドラーの言葉でシャルの体に起きていたことに対する疑問に、一つ一つ合点《がてん》がいった。

「じゃあ、シャルが年齢の割に背が低いのは、幼少期に魔力を使い過ぎたから？」

「そういうことだ。ボクが最後に会った時はひどく痩せていて、見ていられなかった」

敬愛する師匠に褒められたい。それだけの理由で魔術を酷使するなんてこと、俺には想像が出来ない。けれど確かに、シャルにはその危うさがあった。

「だから、呪いをかけたのか？」

「そうだよ。だけど、最後はこの子は自力で解いた。それも一番いい形でね」

「いい形？」

「あの呪いはね、大事な誰かのために生きて魔術を使いたいと、心から望まなきゃ解けなかったんだ。呪いをかけたボク以外の誰かを望んでようやく解けるんだ」

アドラー以外の誰か。つまり、あの落下した瞬間に解かれたのだとしたら、俺を助けようとして呪いは解かれた、ということなのだろう。

「でもあんたが傍にいてやれば、呪いをかける必要なんてなかった。あんたは〈時の魔術師〉だ。何でも出来るその魔術でどうにでもなるはずじゃないのか？」

「そうだね、ボクが魔術を使えばやり直せる。だけどそれはダメだ。ボクが傍にいればこの子はボクに依存し続ける。ずっと、ボクに囚《とら》われてしまう。ボクはね、シャロムにはボクだけの魔術師になって欲しくないんだよ」

大事に思うが故に、救っては突き放す。アドラーは愛弟子《まなでし》に師匠が傍に居られない、苦しいいばらの道を歩かせることを決断したのだろう。俺には計り知ることのできない強く深い愛情がそこにはあった。

アドラーはシャロムの額にキスを落とし、伸びをした。

「さてと、ボクはもう行くよ」

初対面で感じた嫌悪感が今はすっかりなくなり、アドラーに同情さえした。大事な人を成長させるために大事な人の傍にいられないのは辛《つら》いはずだ。

なあ、と思わず声をかけた。自分のお節介加減に嫌気がさしたが引き下がれない。

「目が覚めるまで、居られないのか？　ちゃんと、会ってやれよ」

「君は優しいね。愚かで優しい、いい子だ」

アドラーは困ったように笑った。

「この部屋は気まぐれに景色を変えるのだけれど、今のこの場所は眺めがいい。二人で自由に使いたまえ」

特別だよ、とアドラーはウインクした。

「本当に行くのか?」

「この子には、もう師匠はいらないさ。そうだろう?」

瞬きの間にアドラーは音もなく姿を消した。

*

ぴちょん、ぴちょん。

遠くで水が落ちて溜《た》まる音がして、私は目を覚ました。

その音はかつて私の中に満ちていて、私の傍《そば》を離れたもの。

私は再びその音を聞くことができた。

どれくらい寝ていたのか、頭が冴《さ》えずぼうっとしていた。

私は魔術を使い、その反動でまた気を失ったのだろう。しかしその後、どうなったのかはっきりと覚えていない。サイドテーブルに置かれた手鏡を手に取った。

「目が、戻ってる」

映った目の色が以前のような水色に戻っていた。そして痺れるようなくすぐったいような感覚に私は確信した。魔力が戻ったのだ。

飛行艇から飛び降りた後、私が手を伸ばして誰かを求めたことを思い出して、顔に一気に熱が集まった。

――あの時、私は何を願った？

私の脳裏をよぎったのは、日の光のような温かい目の色をしたあの人の横顔。

「ユエル、先輩」

思わず呼んだその人の姿は、部屋のどこにもない。

確かに先輩を助けられたと思うのだが、違う場所にいたとしても無事であって欲しい。

そうだ、すぐにでも先輩を助けに行けばいい、今の私には魔力があって魔術は使える。

部屋の外へと繋《つな》がる扉が見当たらない。これでは外に出られないではないか。

部屋は生活するには十分すぎる設備が整っている。しかしあまりにもゴージャスで落ち着かない。

一人で過ごすには広すぎるし、窓の外にはプールのように広い泉が設《しつら》えられている。

誰かの豪邸のようなのだが、その家主は姿を現わさない。

「起きたのか？」

「せん、ぱい？」

ベランダの外から現れたその人に、私の心臓が跳ねた。

「先輩、無事だったんですね！」

「ああ、まあな」

先輩はあからさまに目を逸《そ》らした。

「あの、ここは？」

「学院の救護室」

「え？　ここ、学院なんですか？」

どう見ても学院の中とは思えない。しかし今は場所よりも先輩の様子が気がかりだ。

イヴァンに撃たれた銃創がきっとまだ痛むのかもしれない。腕にも痛々しく包帯が巻かれている。

「軽食なら外にあるぞ」

「は、はい」

すでに外は夕暮れ時だった。冬の夜の冷たく乾いた空気が心地いい。

ベランダは宙に浮いたいくつものランプで明るく照らされ、それは仄《ほの》かに温かい。

向かいに座った先輩は不機嫌そうに新聞を片手でめくりながら紅茶を飲み、私はスコーンをもそもそと食べた。

「…………」

「…………」

――気まずい。

傷の痛みとは違う理由で機嫌が悪そうだ。もし私が原因なら、〈アルカイド〉に攫《さら》われたこと、庇《かば》われたこと。思い当たることが多すぎて頭が真っ白だ。空腹なのに食が進まない。

ここは何としても話題を切り出さないと。こんなことなら先輩の趣味とかきちんと下調べをしておけば良かったと後悔するばかりだ。

窓の外は深く鈍い紫色の空と、白とオレンジの町の灯《あか》りが混じる光景が広がっていた。ベランダの外から聞こえた賑《にぎ》わう声に、私は身を乗り出して覗《のぞ》いて見た。広場には薪を積み上げ、街灯には柊《ひいらぎ》、ヤドリギ、リースを飾っている。ああ、そうか。今夜行われる冬至祭《ユール》の準備だ。

今夜が冬至祭ということは、私けどうやら五日も眠っていたことになる。

冬至祭？

「あの、先輩の誕生日っていつですか？」

「――――今日、だけど」

「ど、どうして教えてくれなかったんですか？」

先輩はようやく目を合わせてくれたけれど、勢いに気圧《けお》されて目を丸くしている。

「いや、言うタイミングなかったし、名前で気づいているかと思ったけど。俺の本名、ユールレイエンは『冬至の炎』って意味だから」

ああ、そうか。だから先輩は不機嫌だったんだ。私の馬鹿！　誕生日くらいきちんと調べられたのに。そういえばルイコも〈革袋〉を早めの誕生日プレゼントとして渡していた。気づくきっかけはたくさんあったはずなのに。

「お、お誕生日おめでとうございます」

「どうも」

「ごめんなさい！　私、気が付かなくて。プレゼントも用意してないです」

私の謝罪に先輩は喉を鳴らして笑い出し、私は混乱した。

「悪い、悪い。お前のしょぼくれてる姿が面白すぎて」

「え？　じゃあ今までのは演技、だったんですか？」

私は安堵《あんど》で全身の力が抜けて、テーブルに突っ伏した。先輩はまだ腹を抱えて笑っている。

「わ、笑いすぎです！」

「誕生日を知らなかったぐらいで怒らないって。でも、プレゼントは貰おうかな」

「え？」

いたずらを思いついた子どものように笑う先輩に、私は嫌な予感がして背筋が凍った。

絶え間なく水が湧き出て、大きな泉に溜まっている。

蓄光石で作られたタイルが淡く光り、ぷくぷくと浮く泡が星のようで綺麗《きれい》だ。冬至祭で灯《とも》された炎の光とのコントラストが更にそれを際立たせている。

息を呑む程の美しさだけれど、今は真冬。薄着に着替えた私はあまりの寒さに叫んだ。

「馬鹿じゃないですか！　馬鹿じゃないですか！」

「二回も言うなよ」

「ま、真冬ですよ！　寒中水泳なんてどうかしてます！」

「文句多いな。それに、真冬でも入れる方法あるだろ？」

先輩は〈革袋〉からざらっと何かを両手に取り出した。私があげたさくら石だ。それを全部泉に投げ入れると、泉の水はあっという間に温水へと変わった。

「でも、そんな使い方しなくても。それよりも先輩の腕、骨折してるんじゃ？」

先輩は三角巾をしゅるりと取り外し、腕を振り回して見せた。

「この泉、回復のための魔力が込められているんだよ。シャルが目を覚ます前に何度かつけてみたらこの通り。それより、ほら――」

先輩は急に上着を脱いだので私はぎょっとした。

「泳ぎ、教えてやるよ」

「い、今ですか？」

「約束しただろ？」

先輩は薄手のシャツと膝までのズボンとなり、先に泉の中へと飛び込んだ。

よかった。流石《さすが》に裸とか下着姿で泳ぐことにならなくて。

引き下がれなくなった私はシャツの裾を絞って結んで、泳ぎにくくならないようにしてから泉に足をつけた。

「わっ」

足を滑らせてざぶん、と落ちた。足が底につかない程に深い。口に水が入って息が出来ない。

「げほっ」

「お前、本当に泳げないのか！」

先輩は慌てて私を引っ張り上げてくれたが、呑み込んでしまった水が気管に入って咽《むせ》た。

「前から思ってたけど。お前さ、もしかして運動音痴？」

「そ、そうですよ！　だからほ、放っておいてください！」

先輩が手を繋いで浮かせてくれたり、仰向けにしたりと工夫を凝らしてくれたものの、どうも上手《うま》くいかない。

「ほら、こうして仰向けに浮かんで、できるだけ足をゆらゆら動かすんだよ」

「無理です、無理です！」

魔力回復以前にこのままでは溺れ死んでしまう！

「いや、空を飛ぶ方がよっぽど難しいだろ」

休憩だと、先輩は私を泉の縁《ふち》に座らせて、一人ですいっと泳いだ。

とても心地よさそうにターンまでして遊んでいるようだ。実に羨ましい。

「先輩。あの、傷は大丈夫ですか？　撃たれたところ――」

「ああ。少し傷痕が残った程度だ。もう痛まない」

「そう、ですか。良かった」

「それより、魔力、戻ってよかったな」

「先輩のおかげですよ」

「俺は何も……………」

珍しく先輩は言い淀《よど》み、語尾が震えている。湯気で先輩の表情が見えない。

「あ、あの。ユエル先輩」

「何だ」

「どうして私をパートナーに選んでくれたんですか」

ぱしゃりと水が弾《はじ》ける音がして、先輩は「もういいか」と呟《つぶや》いた。

「それは俺がお前に憧れて魔術師になったから。それがお前をパートナーに選んだ理由」

「私は、先輩に会ったことあるんですか？」

「ああ。お前が自分の名前をはっきり言えないくらい前だよ」

先輩は昔のことを話してくれた。

幼い頃に私に会ったこと、それが忘れられなくて、憧れて、魔術師を目指したこと。そして学院に入って私と出会ったこと。

「ごめんなさい。私、覚えてなくて」

「仕方ないさ。でも名前くらいはしっかり発音して欲しかったけどな」

「どういう意味です？」

「しゃりゅ、だが、しゃりゅむ、だか。自分の名前、全然上手く言えてなかったから、俺はずっとシャルだと思ってたんだ」

だから先輩は私のことを「シャル」と呼ぶんだ。

「でもお前が木から落ちて抱きかかえた時さ、俺は運命だって思ったね」

「そ、そんなこと。恥ずかし気もなく」

けれど、もしそれが本当なら。ユエル先輩が私と出会ってから、気遣ってくれていることにも、心配して怒っていることにも合点《がてん》がいく。

もっと早く私が気が付いて先輩に聞いていれば、変わることもあったかもしれない。

立ち込める湯気で、まだ先輩のシルエットしか見えなくてもどかしい。

「それじゃあ、私が魔術を使えなくなってガッカリしたんじゃないですか？」

「まあ、多少はな。でも〈昇級試験《トロフィエル》〉はあんたに近づけるチャンスだと思った。弱みにつけこむ形になったけど、俺はそれで良かったと思ってる」

「私は先輩が憧れるような魔術師じゃないですよ」

私は夜空を仰いだ。

「私はいつも自分のことばっかりで、先生に甘えて。魔力を失ってから色々分かるようになったなんて、本当、恥ずかしいです」

少しの功績と先生の威光で手に入れた称号に甘えてばかりだった。

「俺はそうは思わないけどな」

いつの間にか先輩が私の前まで泳いできていた。私の手を取り、自分の額に押し当てた。

それはまるで何かの儀式のようで、指先から伝わる熱が私の中に広がっていく。

ああ、私はこの先輩の目の色がとても好きだ。

朝日のような、甘いハチミツのような、温かい色。

私はこの人の目を見て伝えなくてはならないことがある。

「ユエル先輩。私は言わなくちゃいけないことがあります。先輩とあの灯台で景色を見た時、私はわくわくしました。リオウとスオウの欠片《かけら》を見つけてくれた時、私は救われました。足を引っ張ってばかりの私を信じてくれたことも、攫われた私を助けに来てくれたことも嬉《うれ》しかった。本当に、ありがとうございます。私は――」

言葉が詰まって、続けられないのがもどかしい。

先輩は私の言葉に目を丸くして、自分の口元を手で覆った。私の言い方が悪かったのかもしれない。

「先輩、あの、つまりですね」

「悪い。今、素数を数えている」

「え？　今？　どうしたんですか？」

「混乱してる」

どんな時も毅然《きぜん》としていたのに、こんなに動揺して落ち着かない先輩は初めて見た。

「今、十一まで数えた」

「全然数えてないじゃないですか」

私は思わず笑ってしまって、先輩も釣られて笑った。

「なあ、シャル」

「な、なんですか？」

「アドラーのこと、どう思ってる？」

以前にも聞かれた質問に、私は迷うことなく答えられる。

「もちろん、大好きです。でも今度は待つんじゃなくて、私が先生を見つけに行きます。胸を張って会えるようになったら、いつか――」

　先輩は革手袋を外して私の手を取った。

「魔力を取り戻したお前にはもう、俺は必要ないかもしれない。だけどもし、これから先、一緒にできることがあるなら、また俺とパートナー組んでくれるか？」

　どうしてこの人はこんなにも真《ま》っ直《す》ぐで、迷いがないのだろう。

　こうして何度も私を救ってくれる。

　私はもう一度歩み出してもいいのだろうか。

「――っ、はい！」

　長い間、凍り付いていた涙があふれ、私の頬を伝って落ちていく。

「そうこなくっちゃな！」

「わっ」

　先輩は私を引っ張り抱き上げたが、勢い余って水の中に落ちてしまった。

　私たちは顔を見合わせて心の底から笑った。

　泉から上がった後、先輩はあらかじめストーブの上の鍋で温めておいたジュースをマグカップに注いでくれた。夜風ですっかり冷えた体にはぴったりだ。

「先輩、このリンゴジュース」

この味は間違いなく私の部屋に時々届けられていたリンゴジュースだ。

じゃあ、私に花を添えて時々届けてくれていたのは――。

「そ、それは。また今度！」

「え？　ちょっと、待ってください、先輩！」

先輩は顔を真っ赤にさせて慌てて逃げだし、私は先輩を追いかけ回した。

たくさんの贈り物に支えられて、私はこの日からまた歩き始めた。

エピローグ

長い冬を越え、アトラスに春が訪れた。

暖かい風に誘われて、土や木のうろに隠れていた精霊たちも顔を出す、花と緑の季節がやって来た。

この数か月、とりわけ世間を騒がせているのは捕らえられた〈アルカイド〉のことだった。

とある魔術師の妨害で飛行艇が墜落し、生き残った〈アルカイド〉の構成員は協会に捕らえられ、今も厳重に監視されているという。それら全てはアドラーが捕らえ、彼女の手柄となったということになっていて、当事者であるユエルとシャロムの名前は載っていない。

新聞や噂《うわさ》で学生の名前が出ていないのは魔術協会から余計な詮索を防ぐため、アドラーが上手く隠蔽したに違いなかった。

ユエルは師匠の言うことを無視したため、散らかった部屋を毎日片付けるという数か月に及ぶペナルティを科せられていた。散乱した本を本棚にしまいながらこれまでの顛末《てんまつ》を師匠に話した。

「――それで、最後にはアドラーの隠し部屋にいたってわけ？　信じがたいわね」

「あの二か月で一生分の冒険をした気分だ」

「今回の〈昇級試験《トロフィェル》〉、落ちた割に随分とすがすがしいじゃないの」

依頼未達成の場合はどんな理由があっても不合格。〈アルカイド〉の介入があったとはいえ、それを公に出来ない以上、言い訳はできない。

「これでエリートへの道からは一歩遠のいたな」

「協会に入る気なんかないくせに。寧《むし》ろ来年も試験受けられるから嬉しいんでしょう？」

「まあな」

迷いと悩みが洗い流されたようなスッキリとした表情の弟子の姿に、ルイコは思わず綻んだ。

「それよりユエル。あの、秘密のプレゼント作戦みたいなキザなやつ。花も一緒に渡していたのよね？」

ユエルは手に持っていた大量の本を床に落としたが、動揺を隠そうと開き直った。

「――っ、それが？」

「あんた、花言葉ちゃんと調べたわよね？」

「花言葉って。花に意味があるのか？」

まったく、呆《あき》れて言葉もない。

「あんたはそういうところが抜けているんだから。今まであげた花言葉の意味、シャロムちゃんに調べられて誤解されてたらどうするの？」

「…………」

「手のかかる弟子だこと」

ルイコは窓辺に置かれたブリキの小鳥のネジをくるくると回した。

「なあ、ルイコさん。そのおもちゃ――」

部屋に入った時から気になっていたブリキの小鳥について、ユエルが尋ねようとした時である。

「先輩！　午後の授業始まっちゃいますよ！　今日は園庭で合同演習です。遠いんですから急がないと」

窓から赤い傘をさしたシャロムが飛んできた。

澄んだ空のような色の目は、元から宿る彼女の利発さをありありと表わしている。

「すみません、お取込み中に」

「いいのよ、ちょうど終わったところだし。髪を切ったのね、似合ってるわ」

「ありがとうございます」

セミロングだった髪をショートボブに切って、ふわふわのくせ毛がぴょこんとはねている。以前なら目を逸《そ》らして褒め言葉を否定していたのに、随分な変わりようだこと。

「退学処分にならなくて良かったわね」

「本当に。ルイコさんが色々と手を回して下さったのですよね？　ありがとうございます」

「さあ、何のことかしら？　それより急ぎじゃなかったの？」

「そ、そうでした！　急ぎましょう、先輩！」

「お、おい」

シャロムはユエルの手を引っ張り、赤い傘を広げて窓の外へ飛び出した。

「若いわねえ」

風に乗って飛んでいく二人を眺めながらそう呟《つぶや》いたルイコの声に、呼応するようにブリキの小鳥がひとりでに喋《しゃべ》り出す。

『やれやれ、君の弟子には驚かされたよ。危なくバレるところだった』

「ふふ。流石《さすが》でしょう？　自慢の弟子です」

『焚《た》き付けるなんて。あまり弟子をいじめてはいけないよ、ルイコ』

「あの子は反対されるとやる気を出す子ですから。それより、そんなおもちゃに成りすまして弟子のことを騙《だま》して、知らないふりするなんて。あなたの方が意地悪でしょう？」

『はは。それはごもっとも』

「今回の件、あなたからのお礼も楽しみにしていますね」

『君も抜け目がないね。さてさて、ボクらの弟子たちはこれからどうなるのか楽しみだ』

「ええ、弟子の成長は何より嬉しいことですから」

　ブリキの小鳥はパタパタと空を飛んでいく。

　私は滑空しながら後ろを振り返った。うっかり先輩の手を放しそうになってしまった。

「どうかしたか？」

「いえ」

　今、先生が近くにいたような気がした。

　たとえ姿が見えなくても、きっと先生は私を見守ってくれている。それが分かっただけで私は嬉しい。

「先輩。私、学院に来て良かったです」

　先生は、先生以外の大事な物を見つけて欲しいから、私を学院に入れたのだ。

　理由を知ることが出来ただけで私の体は軽くなる。これからの学院生活が私は楽しみで仕方ない。

　春を告げる風がもうすぐそこまで来ている。風が髪を撫《な》で、私の体は軽くなる。

　カーペットのように続く萌黄《もえぎ》色の並木道の上を歩きながら、「そうだ」と先輩は私の顔を覗《のぞ》きこんだ。

「今日の演習、俺と組むか？　今度は対戦相手として。勝ったら好きな物作ってやるよ」

「いいですね。負けませんよ！」

これからの私たちを祝福するように、やさしくて甘い砂糖菓子のようなピンク色の花の雨が降り注いでいた。

あとがき

こんにちは、白野大兎《しらのやまと》です。この度は「雨の魔術師」を手に取って下さり、ありがとうございます。いかがだったでしょうか？　少しでも楽しめて頂けたなら幸いです。

本作は、魔術師のための世界を舞台にしています。

この世界設定は、色々な神話や図鑑を読《よ》み漁《あさ》る趣味が高じて作ったものです。また、「魔法」ではなく「魔術」を選んだのは私のこだわりでした。「魔術」は「魔法」よりもどこか禍々《まがまが》しさもあり、どこか科学的で世界観に合うのでこちらを選びました。

ここで少し、登場キャラクターについて紹介させて下さい。

シャロムとユエルを手掛けるにあたり、容姿や生い立ちなど対極にしようと思いました。

シャロムは「雨」をモチーフにしたヒロインです。「雨」は儚《はかな》く美しいものでありながら、時に災いに姿を変える怖さがあるため、内包させました。少し食い意地が張っているところは彼女の愛嬌《あいきょう》です。

そして本作のもう一人の主人公。ユエルは、器用で面倒見がよく、世渡り上手。人間臭くて、少々打算的なところが彼の持ち味だと思っています。本人はただの趣味の一環としか思っていませんが、料理がユエルにとっての隠れた魔術の才能でした。好きな人に、自分の好きなものを好きになって欲しいのは誰しもが抱く気持ちなのだと思います。

このお話は秋からスタートし、最後は冬至祭《ユール》で締めくくられます。

個人的には、冬になるとクリスマスに向けて町やお店がデコレーションされ始めるので、大人になった今でもクリスマスは楽しみです。つまりは私の好きな季節でした。

また、ユエルの名前の由来でもある冬至祭（ユール）をゴールにして、シャロムと過ごすというプレゼントをアドラーの手からユエルに渡せる形で締めくくろうと決めていました。

私とアドラーのイタズラ心です。

最後に、本作を出版するにあたりお世話になった担当編集者様、前作に引き続きたくさんのアドバイスとアイデア、励ましを頂き、この場を借りて御礼申し上げます。本当にありがとうございます。

そして、この度イラストを引き受けて下さったえいひ先生。

イラストを拝見しました時、二人ってこんなに可愛《かわい》くてかっこよかったんだと驚きました。特に制服はこだわって細部まで描いて下さり感激しました。素敵なイラストありがとうございます。

読者の皆様。ここまで読んで頂きありがとうございます。また、応援して下さった皆様、応援ありがとうございます。皆様の元にも彼らのような幸せが届きますように。

そして長く彼らの物語が続いていくことを祈っております。

白野大兎

お便りはこちらまで

〒一〇二―八一七七
富士見L文庫編集部　気付
白野大兎（様）宛
えいひ（様）宛

富士見Ｌ文庫

雨《あめ》の魔術師《まじゅつし》
少女《しょうじょ》の恋《こい》と解《と》けない呪《のろ》い

白野大兎《しらのやまと》

2024年１月15日　初版発行

発行者　山下直久
発　行　株式会社 KADOKAWA
〒102-8177　東京都千代田区富士見2-13-3
電話　0570-002-301（ナビダイヤル）

印刷所　株式会社暁印刷
製本所　本間製本株式会社
装丁者　西村弘美

定価はカバーに表示してあります。
◇◇◇

●お問い合わせ
https://www.kadokawa.co.jp/（「お問い合わせ」へお進みください）
※内容によっては、お答えできない場合があります。
※サポートは日本国内のみとさせていただきます。
※Japanese text only

ISBN 978-4-04-075258-7 C0193

死の森の魔女は愛を知らない

著／浅名ゆうな　イラスト／あき

悪名高き「死の森の魔女」。
彼女は誰も愛さない。

欲深で冷酷と噂の「死の森の魔女」。正体は祖母の後を継いだ年若き魔女のリコリスだ。ある日森で暮らす彼女のもとに、毒薬を求めて王兄がやってくる。断った彼女だけれど王兄はリコリスを気に入って……？

【シリーズ既刊】1～3巻

富士見L文庫

青薔薇アンティークの小公女

著／**道草家守**　イラスト／沙月

少女は絶望のふちで銀の貴公子に救われ、
聡明さと美しさを取り戻す。

身寄りを亡くし全てを奪われた少女ローザ。手を差し伸べてくれたのが銀の貴公子アルヴィンだった。彼らは妖精とアンティークにまつわる謎から真実を見出して……。この出会いが孤独を抱えた二人の魂を救う福音だった。

【シリーズ既刊】1～3巻

富士見L文庫

魔女の婚姻
偽花嫁と冷酷騎士の初恋

著／**村田 天**　イラスト／神澤 葉

**偽りの婚姻によって、孤独な魔女と
使命に生きる騎士は初めて愛を知る。**

青の森の魔女・ネリの元に政略結婚を退けたいと依頼人の令嬢が訪ねてくる。その相手はネリの母を連行した騎士・エルヴィン。母を捜すため変異魔術で令嬢に成り代わったネリは、偽りの結婚生活で初めて愛を知り――。